# Les arbres quand ils tombent

## De la même autrice

*La poussière qu'ils soulèvent*, éditions de l'Hèbe, 2013
*Nues dans un verre d'eau*, Flammarion, 2017

Fanny Wobmann

# Les arbres quand ils tombent

Quidam éditeur

L'autrice remercie la Fondation Landis & Gyr, le Fonds culturel de l'Office fédéral de la culture, l'hôtel Beau-Séjour (Lucerne), le Musée d'ethnographie de Neuchâtel et la ville de Neuchâtel pour leur soutien à l'écriture de ce livre.

*Les arbres quand ils tombent*

Première édition

ISBN : 978-2-37491-356-8 / ISSN : 1779-7888
Dépôt légal : février 2024

www.quidamediteur.com
Diffusion-distribution : Harmonia Mundi *livre*

Illustration de couverture : © CEphoto, Uwe Aranas
Conception graphique : Hugues Vollant
Mise en pages : Atlant' Communication

Le logo est de Moebius que nous remercions
de sa générosité spontanée.

# PRINTEMPS

# 1

Cet hiver-là, mes sœurs et moi avons hérité d'une forêt. La parcelle étendait ses six hectares en contrebas de La Chaux-de-Fonds et bordait le Doubs. Mes parents l'avaient achetée plusieurs années auparavant, concrétisant un vieux rêve de mon père. Ma mère et lui avaient décidé de nous en faire cadeau.

Assis à un bout de la grande table ovale, le notaire nous racontait sa vie et ponctuait son discours de notions légales que je ne comprenais pas. Je regardais mes parents, sereins, Juliette qui m'impressionnait avec ses questions pertinentes, Chloé qui faisait une drôle de tête. Je dessinais des figures tortueuses sur les pages qui détaillaient la nature de mon nouveau bien. Nous avons signé, dit merci au revoir de nombreuses fois, jusqu'à ce que le notaire se taise enfin et nous laisse partir. Puis nous avons bu l'apéro.

J'étais donc copropriétaire d'un morceau de nature. C'était impressionnant, beau et perturbant. Posséder un arbre me paraissait aussi incongru que posséder un être ou un corps. Quels droits cela me donnait-il ? Quels devoirs aussi.

Je suis allée m'y promener. Ce n'était pas la première fois, mais je n'avais pas de notion précise des frontières du territoire qui m'appartenait. Je reconnaissais la petite plage qui s'enfonçait lentement dans la rivière, l'espace herbeux qui la surplombait. Un foyer délimité par des pierres en occupait le centre. Il restait des traces d'occupation, de moments partagés. Certaines personnes dont j'ignorais l'existence connaissaient cet endroit bien mieux que moi. J'ai ramassé un morceau de plastique qui traînait dans les braises éteintes.

J'essayais d'identifier les épicéas et les sapins blancs, selon la couleur et la texture de leur écorce. Mon père m'avait expliqué la différence mille fois mais j'oubliais toujours. Les résineux paraissaient plus grands que d'ordinaire, parce que le poids de la neige pesait sur leurs branches et les poussait vers le bas, créant une silhouette mince qui piquait vers le ciel. J'ai trouvé refuge au pied de l'un d'eux, il y faisait sombre et ça sentait les aiguilles humides.

Quand mon père était bûcheron, il partait à l'aube avec son repas de midi, gardé au chaud dans une large Thermos. L'odeur de la nourriture se mêlait à celle de la résine imprégnée dans sa salopette de travail. Un matin, j'avais eu droit à une part de ses endives au jambon pour mon petit déjeuner.

Mon père sentait la sciure, l'essence de tronçonneuse.

Quelques jours après la promenade sur *mes terres*, je suis retournée dans la forêt. Pas la mienne, mais celle qui se déployait au-dessus de Neuchâtel, à cinq minutes de chez moi. J'y courais souvent.

Il pleuvait. J'aurais voulu qu'on me dise quand le printemps allait arriver. Qu'on me donne des informations précises, à partir de quel jour, quelle heure, je pourrais être sûre de laisser l'hiver derrière moi.

Le sol était boueux. Des couches de terre s'accumulaient sous mes baskets et défiaient mon équilibre.

Je regardais les arbres encore nus et il m'a paru soudain évident que c'était par là que je voulais commencer. Par ce lien avec les hêtres, les frênes, les érables, les sapins, les noisetiers. Par les pâturages boisés, les gentianes et les grattes-culs. Par les baobabs, les palmiers et les caméléons. Par l'érosion des collines, les lavaka. Par la couleur de la boue.

À Madagascar, la boue était granuleuse, rouge brique. Elle était rare aussi. Le plus souvent, la terre sèche s'envolait sous nos sandales.

Dans notre jardin, à Fianarantsoa, il y avait des tortues, des canards, un cochon d'Inde, un lapin, des bananiers, des orchidées, des buissons de citronnelle, et la cabane de Jean-Paul, notre gardien. Est-ce qu'il dormait vraiment là ? Dans ce petit abri en bois où le chien attrapait des puces.

Est-il possible de raconter ça ?

# 2

Le sable du Sahara est arrivé jusqu'en Suisse. Une tempête dans le désert et un vent du Sud ont coloré d'orange notre ciel hivernal, nos toits, nos voitures, nos étendues de neige.

*

Photo.

Une terrasse près de l'aéroport d'Antananarivo, juste après notre atterrissage. Mon visage. Je souris. Je regarde mes mains, dont les paumes sont ouvertes, tournées vers le ciel et teintées d'ocre. La lumière est forte.

*

Mon père est là depuis deux mois pour préparer notre arrivée. Mes sœurs, ma mère et moi venons de le rejoindre. Il est bronzé, je l'imagine heureux, ému de nous retrouver. Il m'a manqué. Ça sent le chaud, l'humide, les odeurs fleuries et piquantes s'imprègnent dans ma peau, s'imposent dans mes cellules. Je les laisse prendre place.

Je n'ai aucun souvenir de ce qui se passe ensuite, de la manière dont on se rend à Fiananrantsoa, de ma découverte de notre grande maison blanche, qui impose sa présence coloniale sur deux étages, entourée de hautes palissades en bois. Elle se trouve au milieu d'une ruelle en pente, qui devient torrent les jours de fortes pluies, et est visible depuis différents points du quartier. Le gardien ouvre le portail, nous fait un signe de la main. La vieille Patrol qui sent la chèvre pénètre lentement dans la cour, est parquée dans le garage. À l'intérieur de la maison, il fait frais.

*

Mon père a des mains douces, soignées. Des mains qu'il pose sur les troncs et sur les épaules, pour accompagner tranquillement. Des mains qui ressemblent aux miennes. Peut-être que forestier et écrivaine ne sont pas des activités si éloignées.

Ma mère dessine des insectes, des fleurs qui n'existent pas, des créatures marines qui se noient.

Mes sœurs sont deux points qui palpitent dans le temps qui passe, des ancres mouvantes.

Dans cette histoire, il y a aussi Nirina. Un amour qui construit, l'enfance rire contre rire. Puis la distance.

J'ai huit ans quand nous quittons la Suisse pour Madagascar. Juliette en a quatre, Chloé deux. Mes parents ont vécu deux ans au Sénégal avant ma naissance et deux ans au Rwanda quand j'étais bébé. Mon père travaille pour la DDC, Direction du développement et de la coopération, il effectue des mandats dans la gestion des forêts.

*

J'imagine qu'il faut raconter le départ. Je ferme les yeux. Il y a ma mère. C'est elle qui, en l'absence de mon père déjà parti, gère notre déménagement, le dépôt de nos affaires dans un garde-meuble, la paperasse, les malles à emporter, le voyage en avion, les émotions et les besoins de ses trois enfants, les peurs et les tristesses des proches, ses propres doutes peut-être, son rôle à elle dans cette histoire.

Toute la famille, tantes, oncles, cousines, cousins, grands-mères, amies et amis sont sur le quai de la gare pour nous dire au revoir. Tout le monde pleure, pas moi. Ma grand-mère maternelle nous accompagne à l'aéroport. Notre vol a beaucoup de retard, nous attendons des heures assises par terre sur le sol marbré, mes sœurs s'endorment, ma grand-mère doit reprendre le dernier train pour rentrer. Ma mère demande de l'aide à un inconnu. Grand, les épaules larges, chauve et de bonne humeur, il porte Juliette, ma mère porte Chloé, je suis responsable des sacs. Au moment du décollage, l'homme me fait un sourire, il tape dans ses mains et lève les pouces, ça veut dire tout va bien. Je suis d'accord avec lui.

*

J'ai une mauvaise mémoire. Et pour le moment, il n'est pas question d'inventer.

Les personnes qui écrivent des autobiographies sans trous nous mentent. Il est impossible de conserver des souvenirs aussi précis, aussi intacts. On l'accepte, c'est plus palpitant. Mais parfois je me sens trahie.

*

*Chère Nirina,*

*Ça fait si longtemps que je n'ai pas pris de tes nouvelles. Pourtant je pense souvent à toi. Surtout en ce moment, je me demande ce qu'est la vie pour toi en temps de pandémie, comment ton pays gère cette crise, si tout le monde va bien autour de toi. J'essaie d'imaginer en quoi cette situation affecte ton quotidien mais je me rends compte que je n'ai aucune idée de la manière dont tu passes tes journées d'ordinaire. Je t'imagine toujours dans le même appartement, à Tana, celui où nous avions partagé un repas lors de notre visite il y a presque dix ans. Mais je me souviens maintenant que dans nos derniers échanges, tu m'avais parlé de votre nouvelle maison, tu avais besoin d'argent pour construire un puits, le quartier n'étant pas encore raccordé au réseau d'eau de la compagnie nationale. Ça doit faire cinq ans maintenant que vous y habitez. Est-ce que tu t'y sens bien ?*

*Enseignes-tu toujours l'allemand ? Quel âge ont tes enfants ? Es-tu heureuse ?*

*Tu avais mentionné également des soucis de santé, des vertiges si ma mémoire est bonne, ceux-ci se sont-ils arrangés ?*

*Je suis contente d'avoir retrouvé ton adresse email et de prendre enfin le temps de t'écrire.*

*De mon côté, tout va plutôt bien. Ma situation professionnelle est compliquée, parce qu'en Suisse, toutes les activités culturelles (théâtre, lectures, etc.) sont interdites, en raison de la pandémie. Beaucoup d'événements auxquels je devais participer ont été annulés et c'est difficile de trouver comment gagner ma vie. Je passe beaucoup de temps à écrire.*

*Je crois que je ne t'ai jamais dit que David et moi ne sommes plus ensemble. Je vis seule, B. (qui a maintenant six ans) est avec moi la moitié du temps environ. David habite juste à côté, c'est pratique et agréable, B. n'a qu'à traverser la rue pour passer d'un appartement à l'autre.*

*Mes parents et mes sœurs vont bien.*

*Ici, c'est encore l'hiver, il y a eu beaucoup de neige cette année, c'était beau. Mais j'ai hâte que le printemps soit là.*

*J'espère avoir très vite de tes nouvelles et je t'embrasse fort.*

*Fanny*

## 3

Les températures s'adoucissent, je sens mon corps se détendre. Le soleil entre directement dans ma chambre, je vois le lac scintiller et la silhouette des montagnes se perdre dans la brume.

Je commande des graines pour faire des semis. L'année dernière, j'ai surtout réussi à faire pousser des tomates, des patates et des choux, je veux varier ma production. Je loue une petite parcelle de terre dans le parc en dessous de chez moi, pour douze francs l'an. J'ai de l'affection pour ce rectangle broussailleux, je m'en sens responsable.

Je retrouve une amie au bord du lac, elle me pose des questions sur mon nouveau projet d'écriture. Je parle d'une quête, une enquête, des souvenirs absents. D'une petite fille blanche qui croit appartenir à un continent noir. D'une femme blanche qui ne sait pas quoi faire de cet héritage.

J'ai visiblement besoin d'une validation, mon amie me l'offre sans protester. Depuis le train sur le trajet du retour, elle m'envoie deux extraits de *Dévotion,* de Patti Smith, je les lis juste après avoir déposé mes courses sur la table de la cuisine, avant de les ranger dans les placards et le frigo.

*Quel est le rêve ? Écrire quelque chose de bien qui serait mieux que je ne le suis, et qui justifierait mes épreuves et mes errances.*

*

*Chère Fanny*

*Nous allons très bien. Les enfants ont maintenant 12 et 10 ans. Ils sont adorables et en bonne santé. Malgré la situation actuelle, mon mari et moi avons pu garder notre travail. J'espère que tu pourras trouver un emploi.*

*Quelle joie pour moi de recevoir ton mail. C'est une grande surprise. J'ai beaucoup aimé découvrir les photos que tu m'as envoyées. Il a grandi ton fils, et toi tu n'as pas du tout changé. Et la maison, c'est celle de tes parents ? La même que celle où j'ai passé des vacances ? Je ne m'en souviens pas vraiment.*

*Je joins aussi des photos à mon message. Une de notre maison, il paraît qu'elle est belle avec sa petite cour, une de mes enfants, et une de mon mari et moi.*

*Je n'étais pas au courant à propos de toi et David. Je suis vraiment désolée que ça n'ait pas marché. Mais comment vas-tu après la séparation ? Est-ce que tu es heureuse ?*

*En ce qui me concerne, je n'ai pas de soucis du côté de la famille. Mais j'ai toujours des problèmes de santé. J'en avais déjà parlé à ta maman. Je suis spasmophile et je souffre de vertiges positionnés. C'est handicapant et je n'ai pas trouvé de remède pour l'instant. Parfois il m'arrive d'être désespérée.*

*En tout cas, je suis très contente d'avoir de tes nouvelles. Et de savoir aussi que tes sœurs vont bien. Mes sœurs se sont mariées et ont eu des enfants, elles vont bien également.*

*Je t'embrasse fort et grosses bises à toute la famille.*

*Nirina*

*

Film (tourné par mon père avec une caméra Super 8 qu'un ami lui a prêtée).

Dans notre salon malgache, sur le canapé. Hypnotisée par l'écran de la télévision, la bouche entrouverte, je bave devant la robe blanche de Sissi l'impératrice, sa course dans un champ de fleurs, son arrivée gracieuse dans les bras solides de son amoureux.

(Je suis fan de Sissi. En particulier des films qui lui sont consacrés, avec Romy Schneider dans le rôle principal. Nous louons les VHS à la bibliothèque de l'Alliance française de Fianarantsoa. Le choix est restreint, mes sœurs et moi visionnons les mêmes vidéos des dizaines de fois, entre deux épisodes de *Question pour un champion*. Je suis fascinée par cette trilogie qui relate l'histoire d'amour de la jeune femme avec l'empereur François Joseph et sa difficulté à se plier aux codes de la monarchie. Je veux être cette impératrice rebelle en quête de liberté et d'absolu, mais je veux aussi être Romy Schneider, que je trouve magnifique et dont le destin n'est pas moins exceptionnel. Ma mégalomanie est bling bling mais teintée d'un penchant certain pour la révolution.)

Mes sœurs se disputent à côté de moi, c'est moi Sissi, non, c'est moi, non, c'est moi. Jeannine, notre employée de maison, leur apporte un goûter. Après un moment de silence, Chloé envoie un coup de banane derrière la tête de Juliette. Importunée par le bruit, je leur adresse un geste exaspéré et retourne à mon visionnement passionné.

*

Une amie m'a fait remarquer un jour que vivre à Madagascar m'avait donné l'occasion d'assouvir mes rêves de princesse (ou bien était-ce mon psy ?).

*

L'intérieur de la maison, c'est mes pieds nus sur le sol en pierre, mes mains sur les murs granuleux.

Le salon/salle à manger est la pièce principale. Je crois que le canapé sur lequel nous nous installons est de couleur claire, crème peut-être. Un tapis de laine ocre couvre le sol, ses longs poils s'accrochent sur les vêtements. Une cheminée occupe un coin de la pièce. Deux portes-fenêtres mènent à un balcon, sur lequel on se tient rarement. Il donne lui-même sur le jardin. Nous mangeons autour de la table ovale, installée dans le coin opposé à la cheminée et parée souvent d'une nappe choisie par ma mère. Elle en possède plusieurs, cousues dans la région et brodées à la main. Certaines sont ornées de motifs délicats et colorés représentant des scènes de la vie quotidienne malgache, des femmes penchées sur des rizières, des silhouettes portant un panier sur la tête, des charrues tirées par des zébus. D'autres sont entièrement blanches et découpées de formes florales. En cherchant des images sur internet, je découvre qu'il s'agit de broderies Richelieu.

Cette table est le lieu où je fais mes devoirs, celui également où je m'installe pour écrire des lettres adressées à mes grands-mères ou à mes cousines. Ma mère est celle qui s'adonne à sa tâche épistolaire avec la plus grande régularité mais elle choisit de préférence des moments où mes sœurs et moi ne sommes pas là, pour ne pas être dérangée.

C'est là aussi que le matin, chacune et chacun reçoit son traitement préventif contre le paludisme, deux pilules blanches que nous avalons avec notre cacao.

Cette pièce abrite aussi le téléphone, posé sur un petit meuble en bois foncé. Nous nous regroupons régulièrement autour de l'appareil et appelons la Suisse. À l'autre bout du fil, la voix émue de notre grand-maman nous demande ce que nous avons mangé pour le dîner, si tout se passe bien à l'école et ce que nous voulons recevoir pour Noël.

À gauche de la porte d'entrée se trouve la cuisine. Petite et sombre, ses fenêtres ouvrent sur la cour. Nous ne mangeons pas là. J'y croise Jeannine. Elle s'occupe parfois des repas, du ménage. J'aimerais dire qu'elle sent la vanille mais c'est à l'odeur d'oignons que je l'associe, mélangée à celle du jus de tomates et de l'eau de javel. Elle rit tout le temps, porte des tabliers noués très serrés autour de ses hanches.

Un jour, elle vole de l'argent à mon oncle et ma tante qui sont en visite. Les adultes discutent à voix basse dans la pièce à côté. Je perçois l'embarras. Jeannine pleure, demande pardon. Ma mère lui prend la main.

Je ne parviens pas à me rappeler si mes parents l'ont licenciée. J'interroge ma mère, au détour d'une conversation téléphonique, sans préciser pour quelle raison je veux cette information. Elle me répond que Jeannine a poursuivi son travail chez nous. Le soir même, ma mère me rappelle, en fait je t'ai raconté n'importe quoi, j'ai demandé à ton père et on a renvoyé Jeannine, je me suis trompée. Elle précise que ça n'a pas été une décision facile à prendre pour eux, mais que selon mon père, ils ont simplement agi comme ils l'auraient fait avec une employée en Suisse. Ils ont par contre choisi de ne pas dénoncer Jeannine à la police, bien que leur entourage les aient encouragés à le faire.

Madame Francine remplace Jeannine et vient compléter l'équipe alors formée d'Aro et de Jean-Paul. Aro nous la présente comme sa maman mais nous apprenons plus tard qu'elle ne l'est pas, elle et lui ont un lien de parenté mais personne ne comprendra jamais lequel. Madame Francine fait du repassage dans une petite pièce à côté du salon. Elle n'a presque plus de dents et j'ai du mal à comprendre ce qu'elle me dit.

Des escaliers en pierre conduisent à l'étage des chambres. J'en occupe une à moi toute seule, mes sœurs en partagent une autre. Cette pièce est mon royaume, mon refuge. Elle me paraît immense et, depuis ses fenêtres, je vois la ville et les rizières au loin.

J'y lis *Le journal d'Anne Franck, Un sac de billes,* les livres de Roald Dahl, de Marie-Aude Muraille, et à peu près tout ce qui me tombe sous la main, dans mon lit, protégée du reste du monde par une moustiquaire qui frémit dans l'air du soir.

La chambre de mes parents borde la mienne. Nous nous entassons dans leur lit, le soir, ils nous lisent une histoire.

Plusieurs fois, une chatte choisit cet endroit pour donner naissance à ses petits. Nous les découvrons sur le couvre-lit, aveugles et gluants, nous sortons sur la pointe des pieds, soucieuses de ne pas les déranger. Ma mère leur laisse quelques heures de répit avant de les déloger et de changer les draps.

C'est dans cette chambre également que j'ai vu pleurer ma mère, peut-être la seule fois de ma vie. Elle vient de nous raconter les symptômes neurologiques inquiétants qu'elle éprouve depuis des semaines. L'impossibilité de se souvenir des règles du tennis et de la raison de sa présence avec une raquette à la main lors de son cours hebdomadaire, la perplexité face à des culottes, des chaussettes, des fourchettes et des couteaux, l'incapacité de savoir à quoi servent ces objets, comment elle est censée les trier et où les ranger.

Nous rentrons en Suisse en catastrophe, mes sœurs, ma mère et moi, sans effectuer le voyage à l'île Maurice, prévu avant le retour définitif (le dernier, oui, celui qui met fin à mon enfance africaine, mais j'y reviendrai plus tard). Les médecins suisses, contrairement à leurs homologues malgaches, connaissent mal la maladie dont souffre ma mère, la neurocysticercose, et le diagnostic est difficile à établir. Nous logeons chez ma grand-mère, mon père est resté à Fianarantsoa pour finaliser le départ. Ma mère l'appelle tous les soirs pour le tenir au courant, très inquiète parce qu'un médecin a évoqué la possibilité qu'elle soit positive au VIH.

La neurocysticercose, une infection parasitaire par des larves de ténia qui se logent dans le cerveau, est très courante à Madagascar. Elle s'attrape en consommant de la viande de porc infectée insuffisamment cuite ou des aliments ayant été en contact avec du fumier de porc et difficiles à laver, comme les fraises et la salade. Dans les cas les plus graves, elle provoque une cécité, des convulsions et des crises d'épilepsie qui peuvent être mortelles.

Après avoir été finalement diagnostiquée, ma mère a bénéficié d'un traitement adéquat et s'est rétablie. Nous avons appris plusieurs années plus tard que Juliette avait été infectée elle aussi mais que les lésions s'étaient résorbées toutes seules et n'avaient pas provoqué de dégâts.

Durant leurs années en Afrique, mes parents ont contracté plusieurs maladies : paludisme, vers solitaire, dysenterie. C'était une sorte de prix à payer, ils s'en accommodaient.

La salle de bains complétait cet étage. Je n'ai rien à en dire.

*

Le printemps semble encore loin, le froid est revenu, ça fait mal aux joues, comme dit mon fils. Pour la première fois, il effectue le trajet jusqu'à l'école sans adulte, avec une copine. Je les observe depuis mon balcon. B. se retourne et me fait un signe de la main, il attend de me voir rentrer dans l'appartement pour se mettre en route.

Moi aussi je vais à l'école à pied, à Madagascar, mais je suis toujours accompagnée. Par ma mère, parfois, par Aro ou par Jeannine. Le trajet dure une vingtaine de minutes, peut-être un peu moins. Nous descendons notre rue, longeons une route plus large, bordées d'habitations et de stands de nourriture, arachides grillées et salées, fruits rangés en tas hauts et réguliers, je ne comprends pas pourquoi je ne les vois jamais s'écrouler.

Nous dépassons la gare routière, chaotique et bruyante, des latrines déversées dans un ruisseau, l'odeur des égouts, l'eau croupie dans laquelle flottent des peaux de bananes noircies. Les chiens blessés et sales, les enfants qui vivent dehors, assis ou couchés sur des cartons. On s'observe. Mes cheveux blonds, mon sac d'école et mes robes fleuries, leurs vêtements déchirés, leurs jambes maigres et les plaies sur leur peau.

Il faut ensuite monter un peu, des escaliers peut-être, entrer dans la cour bétonnée et nue, rejoindre la classe en silence.

Ma mère m'a raconté à plusieurs reprises qu'il a été difficile pour elle de me laisser là, le jour où elle m'a accompagnée à l'école pour la première fois. Mais que contrairement à elle, j'étais détendue et souriante.

Je fréquentais l'école française, j'étais la seule Blanche. Les Malgaches avaient le droit de s'y inscrire si un membre de leur famille, même lointain, avait servi dans l'armée française. Ce qui était le cas de beaucoup de monde.

Ma scolarité malgache est marquée de dureté, de dépouillement, de peinture écaillée. Le programme reproduit celui de la France mais semble dater d'une autre époque. Nous apprenons par cœur le nom des vignobles français, je dois remplir des pages et des pages de la lettre *f* à la main, parce que selon mon institutrice, je n'ai pas appris à l'écrire correctement en Suisse.

Comme pour le reste, j'en conserve peu de souvenirs. Ceux-là sont faciles à invoquer, ils jaillissent, des bulles évaporées du quotidien, indestructibles, comme le crocodile qui séjourne quelque temps dans notre classe. Jeune, de petite taille, il passe ses journées et ses nuits dans un coin de la pièce, délimité par des briques. Nous devons le nourrir, des élèves frappent des grenouilles contre le mur pour les tuer et les lui donner.

La boîte de feutres qui disparaît un jour de mon casier. Le lendemain, la petite fille qui partage ma table sort une boîte identique de son sac. Je me tourne vers elle, elle évite mon regard. Je lui demande d'où viennent ses feutres, elle me répond qu'elle les a reçus. Plus tard, elle se met à pleurer, m'avoue que c'est les miens, ils lui faisaient tellement envie. Je ne sais plus comment je réagis.

La gym se pratique dans la cour, sur le goudron, en plein soleil. Nous jouons à balle-camp et je déteste ça. Le ballon est dur et les garçons le lancent violemment.

Pour un devoir, je construis une petite maison traditionnelle malgache, en terre, d'une trentaine de centimètres de haut, avec un toit en paille.

*

Photo.

Je pose, debout devant la maison, les bras ballants. Je suis déguisée en « indienne » pour une fête. Mon costume a été confectionné avec soin par ma mère : une tunique brune à franges et une coiffe de plumes.

*

*La conquête de l'Amérique [au XVI^e siècle] et sa colonisation modifièrent profondément les rapports des Européens avec les autres. Le pas entre différence et supériorité fut vite franchi. [...] Durant des siècles, il fut idéologiquement justifié et culturellement admis que les êtres « inférieurs » soient taillables, corvéables, chosifiés et même supprimés si nécessaire. Les avantages matériels et psychologiques découlant de l'appartenance au groupe supérieur favorisèrent l'adoption de ces données devenues au fil des siècles un élément culturel quasiment indéracinable dans la civilisation occidentale.*

Rosa Amelia Plumelle-Uribe

## 4

Je raconte à mes sœurs que j'ai commencé à travailler sur un nouveau livre. Je dois formuler mon projet pour une demande de bourse dont le délai approche et je montre à Chloé le texte de présentation que j'ai rédigé. Elle le trouve intéressant, s'inquiète pour nos parents, qu'ils souffrent des critiques que je pourrais formuler au sujet de leur engagement en Afrique. Je la rassure, le but n'est pas de les accabler.

Juliette me contacte un peu plus tard, dans ma famille les informations circulent à grande vitesse, par toutes sortes de canaux plus ou moins consentis et transparents. Chloé lui a expliqué en deux mots ce que je compte faire et Juliette souhaite que je lui envoie la description de mon projet. Elle le lit tout de suite. Mais ça intéressera qui, nos petites histoires de vie ? elle m'écrit.

*

Kaoutar Harchi définit la blanchité comme « une position sociale dynamique, historiquement produite, et continûment traversée par d'autres principes de hiérarchisation – au premier rang desquels la classe et le genre. Elle se caractérise par une perception précise : celle de se croire, en tant qu'individu rattaché à la "condition blanche", irréductible à des stéréotypes fixes et immuables, a fortiori négatifs, tandis que les autres, non-blancs, le seraient – et, de ce fait, le sont ». Il s'agit donc du fait, « pour les individus de condition blanche, d'être exempts de toute expérience raciale pénalisante et stigmatisante. Autrement dit, d'être inconscient.e.s de tout bénéfice racial – quelles que soient leur position de classe et leur appartenance de genre ».

*

En malgache, liberté se dit *Fahafahana*. Je l'ignorais, je l'ai découvert en faisant des recherches sur le pays. Je n'ai jamais appris le malgache, mes parents non plus.

*

*Chère Nirina,*

*Merci pour ton message ! Et pour les photos ! Je suis contente d'avoir ton numéro, et de pouvoir échanger avec toi sur WhatsApp, c'est vrai que c'est plus pratique.*

*Oui, ta maison a l'air jolie. J'espère que je pourrai venir la visiter un jour pour de vrai. Toi non plus tu n'as pas changé, et tes enfants te ressemblent beaucoup.*

*Je suis désolée d'apprendre que tes problèmes de santé ne sont pas résolus et j'imagine bien que ça doit être difficile à vivre.*

*Mais pourquoi n'as-tu pas trouvé de manière de te soigner ? Est-ce qu'il n'existe pas de médicaments qui peuvent aider ? Es-tu suivie par un médecin ?*

*La maison sur la photo est bien celle de mes parents, et c'est bien celle où tu as passé quelques semaines. Mais c'était il y a longtemps, c'est normal que tu ne t'en souviennes pas. En plus, tu étais venue en été, la maison est différente quand elle est entourée de verdure et de fleurs.*

*Et pour répondre à ta question, oui, maintenant je suis heureuse. La séparation a été très dure et il m'a fallu du temps pour retrouver un équilibre. Au début je souffrais beaucoup de ne pas voir B. tous les jours et je me sentais seule. Mais j'aime mon indépendance. C'est agréable aussi d'être célibataire. Et je suis bien entourée.*

*Je t'embrasse,*

*F.*

# 5

Nirina vit dans la maison en face de la nôtre à Fianarantsoa, de l'autre côté de la rue. Un jour, encouragées et accompagnées par ma mère, nous traversons la route et nous nous présentons.

Le logement de Nirina est bien plus petit que le nôtre, une chambre sombre que les enfants se partagent, les lits collés les uns aux autres, des rideaux fleuris, la fenêtre ouverte, une télévision, une nappe en plastique sur une table, un espace extérieur bordé d'un muret en béton, des poules qui courent, dont l'une, un jour, vient de se faire couper la tête, l'odeur de riz brûlé, le jus de cuisson que nous goûtons, l'amertume des brèdes, ces sortes d'épinards servis avec la viande, des sodas sucrés, une petite maison annexe dans la cour, sans fenêtre, je n'ai jamais su à quoi elle servait, on y organise des boums quelques fois, toutes vêtues des mêmes robes que la maman de Nirina a cousues pour nous.

Celle-ci élève seule ses cinq enfants, en cumulant les emplois, enseignante de langues, secrétaire et couturière. Je ne sais pas quelle est sa vie, son quotidien de mère célibataire dans une société très traditionnelle. Mes sœurs et moi passons tout notre temps avec ses filles mais elle reste à distance de ma famille, nous rend peu visite.

Que pensait-elle de nous ? Comment percevait-elle le lien que nous entretenions avec ses enfants ?

C'est surtout les plus jeunes sœurs, Nirina, Aina et Kanto, que nous fréquentons. Très vite, nous devenons inséparables, en particulier Nirina et moi. Notre amitié est l'une des plus importantes et des plus marquantes de mon enfance. La proximité de nos maisons et le fait que nous ayons peu d'autres activités en dehors de l'école favorise notre rapprochement. En Suisse, nous aurions des cours de sport, d'un instrument de musique, nous serions invitées à des anniversaires, accompagnerions nos parents dans leurs loisirs. À Madagascar, le temps est dénué de contraintes. Nous passons des heures à jouer dans la cour, construisons des villages pour nos Barbie, faisons du vélo, cherchons les chats qui se cachent dans le garage, papotons couchées dans l'herbe.

Nirina est un peu plus âgée que moi. Plus grande, plus robuste. Elle est polie, responsable, presque adulte parfois. Espiègle. Ses éclats de rire envahissent notre maison.

Ses sœurs et elle accompagnent nos sorties en famille, aux bains thermaux de Ranomafana, lors de promenades dans la campagne, au restaurant.

Nous en fréquentons trois à Fianarantsoa, deux servent de la nourriture chinoise, le Sofia et le Panda, le dernier propose de la nourriture française et s'appelle Chez Papillon, ce qui nous fait rire. Lors d'un de nos premiers repas, je remarque que le serveur porte un costume élégant et qu'il est pieds nus. Je commande des nouilles de riz sautées aux légumes et au poulet. À chaque fois que Chloé fait tomber sa fourchette, ce qui arrive souvent, un serveur lui ramène des couverts propres qu'il pose délicatement sur la table, sans un mot.

En Suisse, le restaurant était un luxe exceptionnel.

*

Il était rare que nous nous baignions dans les cours d'eau qui abreuvaient le paysage aux alentours de notre maison, il était difficile de s'assurer de leur propreté.

Ce jour-là, pour une raison obscure, mes parents considèrent que nous ne risquons rien. La rivière s'élargit sur une petite surface, créant un lac peu profond et trouble. Nous n'avons pas nos maillots de bain et décidons de nous baigner en culottes. Nirina hésite, elle ne sait pas nager et est gênée d'être torse nu, sa poitrine commence à se former. Elle finit par nous rejoindre.

Lorsque j'essaie de reconstituer la suite de cette scène, je me souviens de mon propre bonheur, la joie d'être immergée, aspergée, de plonger, les rives cuivrées, les rizières qui les bordent, des femmes drapées de lamba – ces tissus teints sur lesquels sont inscrites des phrases en malgache – qui nous regardent, amusées, elles lavent leurs vêtements dans la rivière et les étendent sur le sol pour les faire sécher.

Je visualise deux scénarios très différents concernant Nirina : un dénouement heureux, mon amie qui rit avec nous dans l'eau brune, et une évolution plus compliquée, Nirina qui regagne très vite la rive, inquiète et mal à l'aise. J'ignore lequel correspond à la réalité.

## 6

À ce stade de ma recherche, je n'ai pas encore trouvé l'énergie d'expliquer à mes parents ce que j'ai entamé. J'ai envie de les entendre, ils sont à l'origine de tout ça et peuvent dérouler de manière beaucoup plus précise que moi les événements de leurs années africaines. Mais ce n'est pas leur histoire que je veux raconter, c'est la mienne.

Je n'ai jamais écrit de texte qui les concerne si directement. Je sais qu'ils ne s'y opposeront pas, mais j'ai du mal à évaluer à quel point ça pourrait les perturber.

Je leur suis reconnaissante de m'avoir permis de vivre cette expérience. Grandir dans un autre pays, côtoyer une autre culture, évoluer dans ce quotidien éloigné de celui que j'aurais connu en Suisse à la même époque, ont constitué une chance indéniable. J'ai adoré mes années à Madagascar et, au moment de quitter Fianarantsoa, assise dans la voiture qui devait nous emmener à l'aéroport, je n'avais qu'un souhait, rester.

Pendant longtemps, j'ai considéré que ma vie ne serait pas complètement satisfaisante si je ne partais pas, moi aussi, travailler ailleurs, loin. J'imaginais le quotidien de mes parents durant leurs années africaines, en particulier celles où ils n'avaient pas d'enfants, les longues soirées dans la chaleur, avec des amies et amis de passage, la peau bronzée en permanence, la qualité du temps qu'ils partageaient tous les deux, la nature environnante, les vacances sur les plages paradisiaques, et surtout le sentiment de liberté qui devait les habiter. Celui d'être utiles aussi.

Cette vision était idéalisée mais elle correspondait néanmoins à une certaine réalité. À celle en tout cas que mes parents choisissaient de partager.

De temps en temps, après notre retour en Suisse, mon père montait au grenier et ramenait un ou deux cartons de diapositives, ainsi que le projecteur et le vieil écran qu'il fallait dérouler, dont le pied était branlant. Toute la famille s'entassait sur le canapé et râlait lorsque mon père faisait défiler trop vite (ou trop lentement) les images de ces six années à l'étranger. Nous en connaissions certaines par cœur : mes parents en maillot de bain aux Seychelles ; ma mère au volant de la voiture embourbée dans un trou d'une piste défoncée (les récits de pannes étaient nombreux, mes parents avaient patienté des heures au bord des routes de différents pays, avaient réparé, bricolé, poussé, trouvé des solutions de rechange) ; moi toute petite, dans la rue, de la terre sur les sandales et les mains, mon doudou Bilbo sous un bras (il s'appelait ainsi parce que mes parents avaient dévoré l'intégralité du *Seigneur des anneaux* lors de leurs longues soirées rwandaises), en compagnie de mon ami Benjamin ; dans le soleil couchant de Madagascar, un lémurien sur l'épaule ; nos tours à vélo dans la cour à Fianarantsoa ; la famille suisse en visite à Noël, tous et toutes assises sur le canapé du salon, autour d'une plante décorée de guirlandes. Et cette autre image de moi, j'ai deux ou trois ans, je suis assise à l'avant d'une voiture, sur le siège du conducteur, mes cheveux clairs ébouriffés, le visage interrogateur, tourné vers l'appareil. Derrière moi, une dizaine d'enfants rwandais est agglutinée contre la portière fermée et me regarde en riant.

Ces *séances dias* étaient joyeuses, mais toujours empreintes d'une forte nostalgie.

*

J'ai rêvé que ma mère avait eu un bébé. C'était une créature étrange, minuscule, molle et sans personnalité. Ma mère voulait que je m'en occupe mais elle exprimait des exigences que je ne parvenais pas à comprendre. Elle s'énervait, assénait des ordres contradictoires, le bébé devenait coulant, sa chair se décomposait entre mes mains.

*

J'ai décidé de ne pas récupérer mon fils en fin de matinée, contrairement à ce que j'ai prévu, afin de pouvoir avancer dans mon écriture. Il va pique-niquer avec mes parents et ma sœur et je les rejoindrai plus tard. Je ne sais toujours pas si j'enverrai mon dossier pour cette demande de bourse dont le délai approche. Il me reste deux jours et je ne suis pas prête. Mais je n'arrive pas à me résoudre à attendre la prochaine échéance, dans six mois. Il me semble que ce sera alors trop tard, que ce projet, désormais clair dans mon esprit, que je porte avec moi tout le temps, doit trouver sans attendre une entrée dans le monde.

# 7

Je prépare le repas avec mes parents, dans leur cuisine aux murs biscornus. Installée sur la petite table en bois à côté du poêle, je râpe des carottes. Mon père écrase de l'ail pour la sauce à salade. Le bruit juteux parvient jusqu'à moi. Je leur parle de mon projet. Je leur demande si ça les gêne que j'aborde ce sujet dans un livre, que j'évoque leur expérience. Ma mère répond d'une voix joyeuse que ça ne la dérange pas du tout, au contraire. Elle se lance avec plaisir et franchise dans la discussion, y revenant quand je ne lui pose plus de questions. Je leur dis que j'ai repris contact avec Nirina, qu'elle m'a envoyé des photos, je me lève pour les leur montrer. Mes parents trouvent qu'elle ressemble à sa mère. Mais je ne l'aurais pas reconnue, dit mon père. Ils évoquent les liens qu'ils maintiennent avec leurs connaissances malgaches, notamment Aro. Il continue de leur envoyer des lettres dans lesquelles il exprime souvent une forme de dévotion qui met mes parents mal à l'aise. Ces derniers continuent de lui envoyer de l'argent régulièrement. C'est ça qui définit notre lien maintenant, dit ma mère, c'est un peu triste mais je ne vois pas comment ça pourrait être autrement. C'est compliqué. Peut-être qu'on devrait arrêter parce que ça les maintient dans une sorte de dépendance et de rapport inégal mais ce qu'on leur envoie leur permet de vivre une année.

Elle avait vingt-et-un ans et mon père vingt-quatre lors de leur départ pour le Sénégal. C'était un changement de vie soudain et ils n'avaient aucune idée de ce qui les attendait. Personne dans leur entourage n'avait vécu d'expérience semblable. Mon père terminait son cursus à l'école de formation forestière de Lyss et c'est là qu'il est tombé sur une offre d'emploi de la Confédération. Il a aimé l'idée de partir enseigner ce qu'il savait.

Parmi le peu de souvenirs qu'il leur reste des premiers jours au Sénégal, il y a leur passage dans le bureau d'un Suisse chargé de les accueillir, ses propos choquants. Ce dernier exprimait avec assurance et un petit sourire complice la difficulté – mais par-dessus tout la grande utilité – du travail de la DDC, face à l'incompétence et la bêtise des indigènes et du système politique sénégalais.

Il y a la fascination également, l'avidité de la découverte.

Un premier appartement que ma mère a trouvé sordide dès son arrivée, dans un petit immeuble sombre, sans espace extérieur. La difficulté de trouver comment occuper son temps, comment se construire un quotidien dans un univers où rien n'était familier et auquel elle avait le fort sentiment de ne pas appartenir. Tu marches dans la rue, tu fais partie d'un tout, mais tu restes à part, toujours.

Elle s'est rapidement procurée un vélo, a arpenté les rues de son quartier à la recherche d'endroits où acheter à manger. Elle ne me le répète pas cette fois-ci mais je sais qu'elle achetait des baguettes de pain qu'elle coinçait en travers de son porte-bagage. Lorsqu'elle arrivait à la maison, la baguette était molle, vaincue par l'humidité ambiante, ses deux bouts pendant de chaque côté de la roue. Cette histoire fait partie de la mythologie familiale, ma mère adore raconter ce genre d'épisodes et nous les avons entendus des dizaines de fois.

Elle a créé des liens avec Verena, une Suisse-Allemande dont le mari travaillait aussi pour la DDC. Il a fallu apprendre à cohabiter avec Mariama, la très jeune employée de maison, qui effectuait ses tâches avec son bébé sur le dos. Mes parents m'expliquent qu'à leur arrivée, ils ne voulaient engager personne, mais que c'était très mal vu, qu'ils ressentaient une forte pression à faire comme tout le monde. On essayait d'être très respectueux, de créer de vrais liens, dit mon père, c'était bien organisé et contrôlé, on payait des charges sociales et tout ça. Mais leurs salaires étaient très bas. C'était compliqué. Autour de nous, les gens disaient qu'il ne fallait pas payer plus. Et tu ne peux pas faire n'importe quoi. Les gens qui travaillaient dans des familles sénégalaises étaient beaucoup moins bien payés. Il y avait aussi le sentiment de ne pas vouloir étaler ses richesses.

Mes parents ont développé des amitiés avec des Européennes et Européens rencontrés dès le début de leur séjour. Avec d'autres, le courant ne passait pas, leur regard sur leur présence au Sénégal et le rôle qu'ils étaient censés y jouer était trop différent, dérangeant.

Mon père me rappelle l'existence d'un film documentaire sur le travail humanitaire, tourné au Rwanda, dans lequel notre famille apparaît. Notre mode de vie y est décrit et présenté de manière critique. Mon père ne se souvient plus du titre mais me dit qu'il peut le retrouver. Ça lui revient quelques jours plus tard, ainsi que le nom des deux réalisateurs. Selon mon père, le film se trouve dans les archives de la Cinémathèque suisse et il est possible de le visionner. Je lui réponds que je les contacterai.

Ma mère me demande si je me suis replongée dans les albums photo de ces années-là. Je n'y ai même pas pensé. Je lui dis que pour le moment, je préfère ne pas m'enfermer dans des images, que j'essaie de faire émerger les souvenirs autrement. Mais je sais très bien que ceux-ci sont de toute façon constitués principalement d'éléments rapportés, que ce soit des récits de mes parents, des films ou des photographies.

*

J'achète du terreau pour semis, B. et moi plantons les graines dans des petits godets en fibres végétales. Je les installe devant la porte-fenêtre du salon. Des tomates, des poivrons, des choux kale, des côtes de bettes, de la lavande, des salades. Je perce des trous très fins dans le couvercle d'une bouteille de lait que je remplis d'eau et B. l'utilise pour arroser nos fragiles cultures. Dehors le soleil perce les nuages, il fait moins froid que ce que j'imaginais. Dans notre carré de jardin, nous arrachons les restes secs de l'année dernière et plantons quelques oignons de tulipes.

*

J'écris à la Cinémathèque suisse, ils me répondent qu'ils ne possèdent pas ce film dans leurs collections.

## 8

*Chère Nirina,*

*Tu sais, je suis en train d'écrire un livre dans lequel j'évoque mes années passées à Madagascar. Est-ce que tu serais d'accord que je te pose quelques questions à ce sujet ? Comment tu as vécu notre relation, comment c'était pour toi d'être amie avec les filles d'une famille suisse, etc. On pourrait faire ça par écrit, par mail, ou alors se parler une fois par téléphone. Dis-moi ce que tu en penses.*

*Je t'embrasse.*

*

À Madagascar, mes aspirations professionnelles étaient diverses. J'avais déclaré que je voulais être cantatrice et toute la maison devait supporter mes vocalises expérimentales. J'affirmais également le souhait de devenir sociologue. J'ignore d'où m'était venue cette idée et comment j'avais appris le sens de ce mot. Je trouvais déjà notre espèce très bizarre.

C'est aussi à Madagascar que j'ai commencé à mettre en scène des pièces de théâtre. J'embarquais mes sœurs dans l'aventure, nos voisines, des camarades d'école parfois, personne n'osait refuser. Je m'attribuais toujours le premier rôle et je dirigeais tout le monde. Certaines représentations étaient préparées, avec un texte, des décors, des costumes, des chants. D'autres consistaient en des improvisations interminables, des sortes de jeux de rôle auxquels j'invitais un public.

Un jour, nous donnons un spectacle dans la cour. Nous sommes des princesses, il ne se passe rien. Mes parents y assistent, assis sur un petit banc devant la maison. Durant la première partie, nous défilons devant Nirina, qui joue la reine. À tour de rôle, nous nous agenouillons à ses pieds et lui faisons un baisemain. Chloé a deux ans et n'a rien compris, elle avance sa propre main pour que Nirina l'embrasse, déclenchant un fou rire général. Je décrète ensuite que c'est l'entracte et nous montons dans nos chambres pour nous changer. Nous y restons longtemps, essayant des costumes, peaufinant nos coiffures. Juliette se met à pleurer parce qu'elle n'a pas le droit de porter la jupe qu'elle préfère (je l'ai gardée pour moi), celle dont les épais frous-frous créent une amplitude digne des robes de Sissi. Mon père s'impatiente, nous interpelle sévèrement depuis dehors, fâché qu'on le prenne ainsi en otage. Je passe la tête par la fenêtre à l'étage et lui crie que le spectacle va bientôt reprendre. Il grommelle et ne bouge pas. La production dure des heures.

Cette fois-là, deux garçons ont accepté de se plier à mes ordres, le frère de Nirina et son cousin. Ils jouent les princes, ils viennent nous chercher avec leurs chevaux-bâtons pour nous emmener au bal. Le cousin de Nirina est le plus âgé d'entre nous, une légère barbe couvre son menton. Je ne me doute pas à ce moment-là que des années plus tard, je craindrai de tomber sur une photo de lui.

*

*Bonjour Fanny. Tu écris des livres ? En as-tu déjà publiés ?*
*C'est super !!!*
*Pour ce texte dont tu parles, oui je veux bien t'aider.*
*Je t'embrasse.*
*Et voilà quelques nouvelles photos de mes enfants.*

*

*À celles et ceux qui veulent "comprendre" : pouvons-nous vous avouer notre fatigue devant votre demande constante de nous transposer en éducatrices/éducateurs quand des informations [...] sont à portée de main ? Pourquoi admettez-vous que l'on puisse s'autoriser à parler de l'esclavage, du colonialisme, des formes actuelles de colonialité, sans même chercher à s'informer sur une histoire longue et complexe ? Pourquoi participez-vous à la fable qui prétend que la colonialité du pouvoir aurait pris fin en 1962 ? Pourquoi ne vous interrogez-vous jamais sur la manière dont des privilèges vous ont été donnés ? Ne vous contentez pas de lire un écrivain noir ou d'aller voir un-e artiste de couleur. Votre culpabilité n'apporte rien, gardez vos fragilités ou vos larmes, elles n'apportent rien non plus, ni à vous, ni à nous. Acceptez d'être troublé-e-s, d'être perturbé-e-s, prenez le temps de réfléchir. Nous sommes les premières et premiers à admettre que rien n'est jamais acquis en termes de connaissances, que nous pouvons avoir des préjugés, que la décolonisation n'est pas une acquisition mais un processus.*

Françoise Vergès

# 9

Je trouve l'adresse email d'un des réalisateurs du film dont mes parents m'ont parlé et lui écris pour lui demander comment je peux avoir accès à son documentaire. Il me suggère de contacter les archives de la ville de Lausanne, où il est normalement visionnable. Il ajoute que nous pouvons nous parler si je le souhaite et qu'il est curieux de savoir comment je vais aborder ce sujet.

Au téléphone, ma mère, à qui je raconte cet échange, me dit en riant qu'elle aurait deux mots à lui dire, que mon père et elle se sont sentis manipulés par ces images, par la manière dont il a parlé de leur quotidien, qu'il connaissait à l'avance le message qu'il voulait faire passer avec son film, ne gardant que ce qui servait son propos, sans se soucier de ce qu'ils vivaient vraiment ou de leur point de vue.

*

J'essaie de poursuivre la retranscription de mes souvenirs de Madagascar, de dérouler l'écriture par ce chemin-là. Mais c'est comme si je les avais déjà épuisés. Ou en tout cas une première couche. Celle que j'ai l'habitude de raconter, celle des photos et des récits familiaux communs. Il faut que je trouve le moyen de creuser davantage. D'oser m'aventurer dans ce qui n'a plus rien de tangible, là où il n'y a aucune possibilité de vérification. Je ne sais pas ce que j'espère y trouver. Peut-être que c'est exactement ce que je souhaite déclencher finalement, inventer des souvenirs en tentant de les invoquer. Ou faire disparaître ceux que tout le monde préfèrerait oublier.

*La mémoire est un choix. Tu as dit ça un jour, en me tournant le dos, comme si c'était une divinité qui parlait. Mais si tu étais une divinité, tu les verrais. Tu contemplerais ce bosquet de pins, là en bas, ses plus jeunes pousses embrasées de lumière à la cime de chaque arbre, leur humidité délicate et leur ultime éclat automnal. Tu regarderais au-delà des branches, au-delà des éclats de lumière rouillée qui traversent les ronces, les aiguilles tombant une à une, au moment où tes yeux divins se posent sur elles. Tu suivrais du regard ces aiguilles précipitées par-delà la branche la plus basse, jusqu'à la fraîcheur du parterre forestier, pour atterrir sur les deux garçons couchés côte à côte, le sang déjà sec sur leurs joues.*

Ocean Vuong

*

J'amène mon fils au jardin botanique pour qu'il y suive un atelier donné par Chloé sur le thème des graines. Je m'installe sur la terrasse, en plein soleil. Les quelques nuages qui cotonnent le ciel n'ont pas le temps de me priver de la lumière, le vent les chasse rapidement. La nature exulte, tendre, sauvage, excitante. J'aime le printemps, sa façon de prendre toute la place. Je l'ai toujours aimé, enfant déjà, vivant le retour de la douceur, du vert et des fleurs comme un immense soulagement. Je marchais sur la route de campagne encore parsemée du gravier répandu pour empêcher les voitures de glisser sur la neige, les vaches étaient de retour dans les champs, je touchais les feuilles fripées et je me disais que tout irait bien dorénavant, pour quelques mois. La pensée que l'hiver reviendrait ensuite n'était pas supportable.

Les saisons ne me manquaient pas à Madagascar. J'étais heureuse qu'il ne fasse jamais froid. Comme nous vivions sur les hauts plateaux, les températures chutaient parfois pendant la nuit. Mais les journées restaient douces et, en dehors des périodes de cyclones, il pleuvait rarement. Je me suis toujours demandé si le fait d'avoir vécu dans ce climat avait contribué à faire de moi une amoureuse de la chaleur, alors que j'étais née dans la ville la plus haute d'Europe et que j'avais traversé ses hivers et ses talus de neige. Je garde le fantasme de m'échapper un jour pour de bon, de trouver le moyen de ne plus jamais subir cette fichue grisaille, qui revient inlassablement et dure beaucoup trop longtemps. Je suis sûre que vivre dans la chaleur en permanence me conviendrait.

J'entends la voix de mon fils qui chante dans le vent, le bruit d'une cascade au loin.

*

Je vais voir une conférence de Léonora Miano. C'est le premier événement culturel auquel j'assiste depuis longtemps, la pandémie ayant tout englouti. Je pourrais l'écouter parler pendant des heures, sa voix enveloppante, son charisme, la précision de ses propos et sa profonde intelligence. Même si je ne suis pas toujours d'accord avec elle.

Elle parle longuement de la nécessité de déracialiser les imaginaires, expliquant que la notion de race est récente dans l'Histoire, que c'est la réussite de la conquête menée par l'Occident qui a racialisé le monde. (Au moment de taper ces lignes sur mon ordinateur, je me rends compte que mon correcteur automatique ne reconnaît pas le mot « racialiser », qu'il ne cesse de le transformer en « radicaliser »).

J'aime son appel à travailler des relations plus équilibrées entre les humains du monde. Sa façon de décrire la frontière comme le lieu de l'échange et de la discussion, le lieu où l'on rencontre l'autre. L'autre est avec nous en permanence, dit-elle, dès qu'on boit un café, puisque le café ne pousse pas ici.

Elle dit que l'Europe nous appartient à tous et toutes, qu'on attend beaucoup d'elle, justement parce qu'elle a tout envahi. Que l'Europe doit prendre maintenant ses responsabilités, le monde habitant déjà à l'intérieur d'elle. Que les gens choisissent l'Europe, malgré l'histoire coloniale.

Je suis dérangée par cette question du choix. *Les gens* choisissent l'Europe ? Et surtout, quels gens ? Les personnes qui quittent les quotidiens sans avenir de leur pays d'origine ? Celles qui fuient une guerre ? Celles qui rejoignent des membres de leur famille ? Celles qui risquent leur vie dans des voyages terrifiants ? Celles qui meurent lors de ces voyages ? Celles que l'Europe « accueille » en les parquant dans des camps insalubres et surpeuplés, dans des centres isolés et tristes, ou renvoie chez elles de force lors de « vols spéciaux » ?

*Méthodes autorisées (sous réserve d'un danger vital)*
*– attacher les mains, les bras, les pieds et les jambes au moyen de différents types de menottes*
*– attacher la personne sur une chaise roulante ou sur une civière*
*– ceinturer la personne sur un siège ou lui mettre une camisole de force*
*– utiliser un casque spécial en cas de risque d'automutilation (sous réserve de problèmes respiratoires)*
*– administrer des calmants s'il y a danger pour la personne ou autrui, dans des conditions très strictes, en particulier la surveillance médicale permanente*

*Méthodes interdites*
*– mettre un bâillon sur la bouche ou le nez, la main ou un objet sur /dans la bouche*
*– couvrir la tête si des problèmes respiratoires peuvent survenir*
*– menotter /maintenir au sol /transporter les personnes, lorsque la position peut aboutir à l'asphyxie*
*– mettre une couche à la personne sans son consentement ; pendant un vol long, l'empêcher d'aller aux toilettes*

*Le Temps*, 1er février 2003

Lors d'une randonnée à ski avec ma sœur au-dessus de La Chaux-de-Fonds, nous sommes passées à côté du centre d'accueil de réfugiés et requérants d'asile de Tête de Ran. Il faisait très froid, la neige tombait en gros flocons, projetés dans tous les sens par des bourrasques glaciales. Le ciel gris se confondait avec la blancheur du sol, on ne voyait rien. Perdue au milieu des sapins et du brouillard, la maison avait surgi devant nous, irréelle. J'imaginais *les gens* à l'intérieur. D'où ils venaient et où ils étaient arrivés. Ce paysage hostile qui était devenu leur lieu de vie pour un temps inconnu.

Les gens qui choisissent sont-ils les enfants d'immigrés, les deuxièmes, troisièmes générations, nées en France, en Suisse, en Allemagne ? Ou les Européens « de souche » comme on les appelle – déployant la métaphore végétale pour redéfinir la hiérarchie ? Je fais partie de cette dernière catégorie, et oui, peut-être peut-on dire que je choisis l'Europe, parce que j'y reste. Parce qu'à moi on offre ce choix. Aux autres, je ne sais pas.

*

*Bonne fête des mères. Je t'embrasse très fort.*
*Nirina*

## 10

Il y a mes sœurs, nos voisines, des amies peut-être. Les garçons n'ont pas voulu participer. C'est la fin de l'année scolaire, une salle de spectacle, des centaines de personnes de tous âges entassées dans cet espace bouillonnant, une scène sur laquelle se succèdent des numéros de chant et de théâtre. Nous attendons dans les coulisses, les unes derrière les autres, j'ai le trac. Nous sommes déguisées en Suissesses, jupes rouges, foulards, tabliers et chapeaux, confectionnés par la maman de Nirina. Lorsque c'est notre tour, nous entrons main dans la main. Dans le stress, Chloé bouscule Kanto qui s'énerve, nous nous alignons face à la scène. Les jambes en l'air et les mains sur les hanches, nous dansons et interprétons le chant traditionnel suisse *À Moléson,* enseigné par notre grand-mère fribourgeoise, présente à Madagascar à ce moment-là. Je m'applique, fronce les sourcils pendant les fausses notes. Je trouve que Kanto chante trop fort, que les mouvements de Nirina sont trop mous. Nous tenons jusqu'au bout. Le public, hilare, nous ovationne alors que nous regagnons les coulisses, essoufflées.

*

Les visites de nos proches rythmaient notre vie malgache. C'est certainement une des raisons qui ont rendu cette période si précieuse pour moi.

Ma grand-mère paternelle est venue avec sa sœur, elles sont restées plusieurs mois. Elles souffraient de la chaleur, portaient de larges robes en coton sous lesquelles elles s'autorisaient à ne pas ajouter leur combinaison habituelle. Elles faisaient de longues siestes, s'occupaient de mes sœurs et moi. Elles semblaient n'avoir aucune attente, se laissaient porter par les jours, par nos activités, nos besoins. Elles n'exprimaient pas les leurs. Leur présence était discrète et généreuse.

Lors de vacances sur l'île de Nosy Be, au nord de Madagascar, ma grand-mère est un jour sortie de l'eau précipitamment, racontant qu'elle s'était fait piquer par une méduse. Plus tard, elle a avoué, dans un grand éclat de rire, qu'elle en avait simplement marre de se baigner et qu'elle avait trouvé cette excuse pour aller paresser à l'ombre. Elle ne savait pas nager et n'avait jamais quitté la Suisse avant d'effectuer ce voyage pour nous retrouver.

Ma grand-mère était joueuse, très douée aux cartes, elle supportait difficilement de perdre et il lui arrivait de tricher. Un soir, chez nous à Fianarantsoa, elle est montée à l'étage après le repas, sans la moindre explication. Elle a mis du temps à redescendre, nous commencions à nous inquiéter. Elle est alors entrée au salon, soignant son apparition, vêtue de la veste en cuir de ma mère, d'un chapeau et de lunettes de soleil, retenant son rire sur le point d'exploser. Elle s'était déguisée, sans raison, par amour du jeu, pour nous amuser. J'ai adoré.

Mes cousines, cousins, oncles et tantes sont également venus nous voir. Tout le monde séjournait chez nous. J'étais fière de les accueillir dans ce quotidien malgache que je considérais comme hors du commun, enviable. Nous allions au bord de la mer, les voyages s'apparentaient toujours à de grandes expéditions, le trajet était long et les routes mauvaises. En dehors de quelques grands axes goudronnés mal entretenus, nous roulions sur des pistes de terre qui devenaient impraticables les jours de pluie. Je n'aimais pas la voiture mais à Madagascar c'était différent, elle signifiait l'aventure. Durant ces traversées, entourée de mes parents, de mes sœurs, dans ce décor toujours nouveau, le temps avait une autre valeur. C'était l'enfance, sans peurs, le monde n'avait pas de limite, mon énergie et la vie non plus.

Nous dormions dans des bungalows sur la plage, il y avait peu d'autres touristes. Pataugions dans l'eau trop chaude pendant des heures, nos masques et nos tubas de travers, nos t-shirts, censés nous protéger du soleil, adhérant à la peau comme une ventouse. Nos cheveux, mouillés en permanence, éclaircissaient et bouclaient. Nous mangions des mangues sur le sable, laissant le jus couler le long de nos mains, de nos bras, de notre torse, se mélanger au sel pour rendre notre corps plus poisseux encore. Nous nous rincions dans l'océan.

*

Photo.

Chloé s'entraîne au snorkeling dans l'évier de la salle de bains. Mon père la maintient soulevée à la bonne hauteur et rit. Elle est en culotte, le visage immergé dans une flaque d'eau. Elle tente d'apprendre à respirer à travers le tube et pas par le nez.

*

Nous observons des merveilles dans les récifs coralliens qui bordent les plages. Des poissons aux couleurs vives, des coquillages, des anguilles qui me terrifient, et même des tortues quelques fois. Je suis un jour piquée par une méduse, la brûlure, très douloureuse, s'étend de derrière mes cuisses jusqu'au bas de mon dos. Nous tentons d'attraper les minuscules crabes qui courent sur le sable.

Sur la plage, des femmes vendent des lambas, des bracelets de coquillages, des snacks. À chaque fois que nous passons devant elles, elles nous interpellent, nous proposent un massage ou de tresser nos cheveux. Mes cousines, mes sœurs et moi en rêvons, de couvrir nos têtes de dizaines de nattes terminées par des élastiques colorés. Nos parents finissent par accepter. Assises en tailleur sur le sol, nous endurons bravement ce moment de coiffure qui s'avère douloureux et long. Les gestes des femmes sont brusques, efficaces. Elles discutent entre elles, peignent nos tignasses emmêlées, les divisent en quadrillages et tentent de former des tresses serrées sur nos cheveux lisses. Nous repartons le crâne en feu, heureuses de ces torsades légères qui se balancent et fouettent nos joues lorsque nous tournons la tête. La blancheur des espaces découverts sur le cuir chevelu entre les nattes contraste avec notre peau bronzée et confère à notre visage un air étrange, maladif.

Nirina m'a enseigné la technique rapide de tressage, une manière de tenir les brins entre les doigts serrés et de tourner les poignets en alternance pour entrelacer les mèches. J'étais devenue habile, nous faisions la course et nous coiffions mutuellement. D'ordinaire, les cheveux de Nirina n'étaient pas tressés mais tirés et lissés vers l'arrière puis attachés en un chignon le plus serré possible. Elle les enduisait quotidiennement d'huile de coco. L'odeur rance qui s'en dégageait accompagnait Nirina en permanence.

Je la trouvais écœurante.

Je ne sais pas ce que Nirina pensait de mon odeur.

S'il existait une certaine curiosité envers le corps de l'autre, elle n'était pas plus présente qu'avec mes amies suisses.

*

J'ai beau y réfléchir, analyser l'histoire à travers mon regard d'adulte, je ne comprends pas *réellement* d'où est née l'envie de mon père de s'engager pour la DDC et de partir travailler en Afrique. D'où venait cette curiosité.

Je lui ai posé la question à plusieurs reprises mais n'ai jamais reçu de réponse satisfaisante. Il ne correspondait pas au profil habituel des personnes choisissant l'humanitaire, ne serait-ce que parce qu'il n'avait pas de formation universitaire.

Le site internet de la Confédération indique que la coopération internationale est fondée sur les idéaux d'un monde en paix, sans pauvreté, poursuivant un développement durable. Je crois que mes parents, à leur échelle, partageaient ces aspirations. Mon père nourrissait l'espoir que son travail puisse faire une différence, aussi minime serait-elle. La politique était peu présente dans ma famille mais je vois maintenant les séjours en Afrique comme la forme d'engagement que mes parents avaient choisie. Sans se poser de questions.

Ça n'a peut-être aucun lien mais je pense que la présence de ma mère a beaucoup influencé mon père, qu'il a changé à son contact, à de multiples niveaux, qu'elle a ouvert chez lui des possibles.

Pendant toutes ces années, mon père a tenu ce qu'il appelait ses agendas. Chaque jour, il prenait des notes sur la journée écoulée, parlant de la météo, des petits événements de la vie familiale, de préoccupations au travail. On avait parfois le droit de les lire, on adorait ça. Il y fait très peu mention de ses émotions, il raconte des faits, qu'il agrémente d'adjectifs simples, pour signifier si cela a constitué une expérience agréable ou non. Il s'en est récemment débarrassé, après avoir relu des extraits dans lesquels il tenait des propos blessants envers ma mère. Les mêmes mots tranchants qu'il lui adressait de vive voix et auxquels mes sœurs et moi avions droit également. En garder une trace écrite, alors qu'il avait pris conscience de ses agissements et qu'il s'efforçait d'y mettre un terme, imaginer que des gens pourraient continuer d'en être témoins, même au-delà de sa mort, lui a paru soudain intolérable. Toutes ces anecdotes sur mon enfance et ces quelques indices de ce qui se passait dans la tête de mon père ont disparu d'un coup, relégués au rang de déchets.

Mon père aime écrire. Il le fait avec application, dans une langue précise et soignée, sans fautes d'orthographe, d'un trait léger. Ma mère aussi écrit, des poèmes dans son adolescence, des évocations délicates et malicieuses qui accompagnent les dessins qu'elle réalise avec talent. À seize ans, au moment de choisir la suite qu'elle donnerait à sa formation, elle a perdu son père. Mort d'une maladie cardiaque après des mois de traitements aux Hôpitaux universitaires de Genève. Ma grand-mère est restée la plupart du temps à son chevet, laissant ses trois filles adolescentes à la maison. La douleur s'est abattue sur la famille et a été peu exprimée, encore moins prise en charge. Ma mère a poursuivi son parcours cahin-caha. On lui a dit qu'artiste n'était pas un métier, elle a finalement opté pour une formation de jardinière d'enfants. Cette profession ne lui permettait pas d'être indépendante financièrement et ne la faisait pas rêver mais représentait à ce moment-là une des rares options envisageables.

Une autre a été de tomber amoureuse de mon père et de le suivre au Sénégal. Le projet africain ne concernait pas sa carrière à elle, mais elle se l'est finalement approprié, lui a donné une place fondamentale dans la construction du récit de sa vie. Et dans celui de la vie de ses enfants.

*

En malgache, le verbe être n'existe pas.

# ÉTÉ

# 1

Je passe du temps dans une ancienne ferme que possède un ami, isolée dans un pâturage des crêtes jurassiennes. Je reste assise sur le banc devant la maison, m'imprégnant de la lumière déclinante. De la silhouette des sapins dans la nuit. Longs et noirs. Ébouriffés. De temps en temps les nuages s'écartent et des étoiles s'allument. Une, deux, trois, des dizaines. Puis elles disparaissent.

Quelques secondes où je n'entends plus ni voiture, ni avion. Un souffle qui fait bouger les feuilles sur ma gauche. Le bruit de ma veste quand je bouge. Un clocher au loin. Mes fesses s'engourdissent sur le bois humide et mon stylo s'étire dans la lumière de la lampe de poche. Je relève les yeux de la feuille, aveuglée, je ne distingue plus les sapins. Je ne peux pas savourer l'obscurité et la retranscrire en même temps.

J'imagine des animaux qui m'observent, tout proches. Ça m'effraie un peu. Je me trouve trop humaine.

*

*Coucou Nirina !*

*Excuse-moi, j'ai mis du temps à te répondre.*

*Merci pour les photos de tes enfants. Ils sont tellement grands. Ils te ressemblent. Je t'envoie aussi une photo de B. et moi.*

*Oui j'écris des livres. C'est même mon métier. J'ai écrit deux romans, des pièces de théâtre et beaucoup d'autres textes dans différents cadres. Seule ou avec les autrices et auteurs du collectif dont je fais partie. C'est bizarre que je ne t'aie jamais raconté ça.*

*Pour le texte sur lequel je travaille maintenant, ça serait génial si tu pouvais répondre à ces quelques questions :*

*Quelle impression gardes-tu de notre amitié, des moments passés ensemble ? Est-ce que pour toi ça a été une expérience positive ?*

*Sur le moment, était-ce bizarre ou inquiétant ou excitant de fréquenter une famille blanche ? Ou ça n'avait rien de particulier ?*

*Penses-tu que ça changeait quelque chose à notre amitié que je sois européenne et toi malgache ?*

*Que pensait ta maman de notre relation ? De tout ce temps que toi et tes sœurs passiez chez nous ?*

*Y avait-il des choses que tu trouvais étranges dans notre manière de vivre ? Des choses qui t'ont blessée, dérangée ? Ou au contraire des choses que tu aimais particulièrement ?*

*Est-ce que tu considères que nous avions des propos ou des attitudes racistes à votre égard ? As-tu souffert de ça ?*

*As-tu quelques anecdotes que tu aurais envie de me raconter, des souvenirs qui te restent, des moments marquants qu'on a partagés ?*

*Il faut vraiment te sentir libre d'être sincère. Rien ne me blessera ou me dérangera. J'ai vraiment envie d'avoir ton point de vue sur les choses, de connaître ton sentiment.*

*Je te remercie infiniment.*
*Et sinon tu vas bien ?*
*Je t'embrasse.*

*Fanny*

*

Je pars en vacances avec B. Je marche dans les rues de Venise, sa main dans la mienne, la chaleur humide encore intense dans la nuit qui tombe. La ville est asphyxiée de soleil et de monde, je suis écrasée par la responsabilité de cette tâche qui repose uniquement sur mes épaules, celle de créer des vacances heureuses pour mon fils.

Nous allons à plage, quand les quelques nuages qui cachent le soleil suffisent à dissuader les habitantes et habitants de se joindre à nous. Les étendues de sable et les chaises longues sont vides, B. court dans l'eau tiède, se laisse flotter sur le ventre et observe le fond de la mer avec ses lunettes de natation. Il rit et râle lorsque des grains de sable se retrouvent dans son sandwich.

À mon retour, je tente de me remettre au travail. Mais l'écriture se dilue dans les longues journées, dans le soleil que je ne veux pas quitter.

Je me promène le long du lac et j'écoute des podcasts.

Celui de Claire Richard, intitulé *Blanc comme neige.* Je m'arrête sans cesse pour prendre des notes dans mon carnet. Claire Richard y raconte une scène qu'elle a vécue et qui l'a aidée à prendre conscience des pensées racistes qui la traversaient, alors qu'elle se considérait comme une alliée, « sensibilisée aux luttes des personnes racisées ». Elle se trouvait dans un métro new-yorkais, peu de temps après les attentats du 13 novembre 2015 à Paris. Stressée et sur ses gardes, elle a ressenti le besoin de changer de place lorsqu'un homme barbu, présentant des traits considérés comme caractéristiques des personnes arabes s'est assis à côté d'elle. Elle a pris conscience de l'irrationalité et de la violence de son sentiment et n'a finalement pas bougé. Mais sa réaction l'a obligée à revoir ses croyances, à admettre qu'une partie d'elle était raciste.

La description de cette scène et des sentiments qu'elle a déclenchés chez Claire Richard résonnent fortement en moi. J'ai vécu exactement la même chose dans le métro à Paris, et cette expérience a inspiré l'écriture d'une nouvelle intitulée *Cruautés,* publiée dans un ouvrage collectif. J'ai eu l'occasion de lire des extraits de ce texte en public, avec l'impression à chaque fois qu'il occasionnait de la gêne ou de l'incompréhension. Peut-être était-il trop obscur, peut-être n'avais-je moi-même pas osé aborder la question suffisamment clairement. Ou peut-être, comme l'explique Claire Richard, ce sujet demeure-t-il trop tabou pour que son évocation suscite des discussions libres.

Lorsqu'on les confronte à leur propre racisme, la plupart des personnes blanches réagissent de manière défensive, se sentant accusées, attaquées, avançant des arguments tels que le racisme existe aussi ailleurs, entre différents pays d'Afrique, je ne fais pas de distinctions de couleur de peau, j'ai beaucoup d'amis noirs, on ne peut plus rien dire ou faire.

C'est un phénomène identique que décrit le concept de *fragilité blanche* de Robin DiAngelo. Dans le livre du même nom, elle aborde les différentes manières par lesquelles les personnes perçues comme blanches nient les manifestations du racisme ou refusent de questionner leur contribution à sa reproduction. Elle décrit ainsi l'un des paradoxes de l'identité blanche : le fait que le pouvoir lié à cette position dérive de l'ignorance et de la fragilité.

La fragilité, selon l'autrice, « se loge au cœur des identités blanches », parce que celles-ci se caractérisent par la revendication de l'universalité, par le refus de se laisser enfermer dans une "case" et d'affirmer une quelconque identité raciale. « La fragilité [...] constitue un mécanisme de défense permettant de refuser d'endosser le costume du dominant et ainsi de profiter, sur le plan rhétorique, d'une position imaginaire de victime. » Selon Robin DiAngelo, la fragilité peut être plus ou moins inconsciente ou tactique selon les cas.

« Je tiens à préciser que l'expression fragilité blanche décrit un phénomène blanc très particulier. La fragilité blanche est bien davantage qu'une simple réaction de défense ou des pleurnicheries. On peut la conceptualiser sous les termes de sociologie de la domination : c'est le résultat de la socialisation des Blancs dans le contexte de la suprématie blanche, et le moyen de protéger, entretenir et reproduire cette suprématie. Elle n'est pas applicable à d'autres groupes qui peuvent avoir des griefs ou être considérés comme difficiles (par exemple la "fragilité étudiante"). »

La dernière partie du podcast de Claire Richard revient sur le concept de privilège blanc et explique que des penseuses et penseurs remettent en cause son utilisation. En cherchant l'article de Kaoutar Harchi mentionné dans le podcast et publié originellement dans la revue *Ballast*, je découvre qu'il a été relayé et mis en ligne par le parti politique suisse Solidarités.

Kaoutar Harchi écrit :

*[...] nommer ne suffit pas. Et, à y regarder de plus près, le succès de ce concept, aisément mobilisable sous régime libéral, ne nous aide pas à travailler collectivement au renversement de l'ordre social. En 2016, déjà, la féministe Mirah Curzer publiait l'article* Let's Stop Talking So Much About Privilege. *Elle y développait l'idée selon laquelle la focalisation, bien que légitime, des débats autour du « privilège blanc » réduisait mécaniquement les possibilités de développer une approche en termes de droits. En ce sens, le risque est grand de lutter – et de se donner à voir comme luttant – pour moins de privilèges alors qu'un enjeu politique bien plus radical consisterait à lutter, matériellement et symboliquement, pour l'accès de tous et de toutes à la justice sociale.*

*Une critique plus frontale encore a été formulée un an plus tard par Arielle Iniko Newton, essayiste et co-organisatrice de* Movement for Black Lives, *dans l'article* Why Privilege Is Counter-Productive Social Justice Jargon. *Elle lance : « Le privilège est une notion limitante qui accorde la priorité aux comportements individuels au détriment des failles du système, et suggère que changer nos comportements serait une manière suffisante d'éradiquer l'oppression. [...] Personne ne peut abandonner ses privilèges mais nous pouvons faire en sorte que l'oppression soit remise en cause. » Ainsi, Arielle Iniko Newton plaide pour une reconsidération révolutionnaire des forces sociales historiques qui structurent, de part en part, le suprématisme blanc – appelant, par suite, à sa destruction totale. [...]*

*Le recours intensif au concept de « privilège blanc » signe l'avancement sinueux du néolibéralisme jusqu'au cœur des pratiques politiques de résistance. Il individualise la question politique raciale et, de là, la dépolitise. Plus encore : ce sont les possibilités d'émancipation des groupes dominés que l'on indexe et conditionne, paradoxalement, au bon vouloir autocritique des groupes dominants. Comme il importe de travailler à une société sans classe – entendre, sans domination de la classe capitaliste sur le reste de la société –, il importe de travailler à l'édification d'un monde libéré des catégories sociales de race. Cela, seules l'organisation, la mobilisation et l'action collectives le permettront.*

## 2

À Madagascar, je racontais que je parlais suisse et mes amies écoutaient avec attention mes longues tirades dans une langue inventée. Je leur fournissais ensuite la traduction, toujours très contente de mon effet.

Nirina parlait très bien le français, même si ce n'était pas la langue qu'elle pratiquait à la maison. À force de passer tout mon temps avec elle, avec ses sœurs, avec mes camarades de classe, mon accent a changé. Je parlais comme elles et eux. Lorsque je suis rentrée en Suisse, on m'a dit que je m'exprimais bizarrement. J'aimais cette particularité. J'étais fière d'être *imprégnée* de ma vie là-bas.

Comme je me trouvais à Madagascar au moment où j'aurais dû commencer à apprendre l'allemand à l'école, et que cette langue n'était pas enseignée dans l'établissement français que je fréquentais, ma mère a pris la responsabilité de m'en inculquer les bases. Elle-même n'en avait que de maigres connaissances, mais elle s'appuyait sur la méthode officielle, matérialisée par un classeur rempli d'exercices et des cassettes audio, qu'elle avait pris soin de se procurer en Suisse. Nirina suivait les leçons avec moi. Elle avait commencé à le faire par hasard, parce qu'elle était chez nous lorsque j'avais débuté mes cours. C'était devenu un jeu, nous comptions les passes au badminton, *eins, zwei, drei, vier, fünf,* tournions en vélo dans la cour en chantant *Halo Susy Guten Morgen* et inventions des phrases composées de mots impossibles à prononcer, *Das kleine Eichhörnchen nimmt ein Bad mit fünfhundertfünfundfünfzig Quietscheentchen.*

Nirina est devenue professeur d'allemand à Antananarivo. Les personnes qui maîtrisaient cette langue étaient rares dans le pays et elle était particulièrement douée.

Je n'ai jamais réussi à l'apprendre correctement et j'ai peu à peu tout oublié.

Nous avons repris l'avion pour la Suisse une fois, lors de vacances d'été. Nous logions chez ma tante. Je dormais avec ma cousine, qui ronflait. Elle m'a montré un souvenir ramené de son dernier séjour en montagne : une boule à neige, en verre, dont les minuscules flocons voltigeaient autour d'une marmotte souriante. Elle m'a interdit d'y toucher. Je l'ai emmenée avec moi aux toilettes, en cachette, et elle m'a échappé des mains. Elle s'est fracassée sur les catelles. Le drame a mis des jours à s'apaiser.

Les visites aux proches, les fêtes et les pique-niques s'enchaînaient, je suivais mes parents en traînant des pieds. J'étais fatiguée d'être constamment en présence de beaucoup de monde comme de devoir reprendre le rôle de la Fanny suisse, celle qui avait du mal à trouver sa place, qui se sentait décalée, différente, l'intello, comme m'appelaient mes cousines. À Madagascar, j'échappais à tout ça, je ne devais correspondre à rien, je n'avais pas besoin d'être cool, à la mode, je pouvais développer mon univers comme je le souhaitais, y vivre en liberté. Le regard des autres n'était pas une menace. Peut-être que cela s'expliquait, encore une fois, par la position que j'occupais en tant que petite fille blanche, petite fille blonde, aux yeux bleus, qui possédait tout. En partie certainement. Ce que les gens me renvoyaient, c'était principalement de l'admiration. J'en étais consciente, c'était agréable, inconfortable aussi, parfois. Mais je vivais également ce que vit toute personne qui quitte l'endroit où elle a grandi, se détachant de la pression exercée par la famille, par les pairs, s'émancipant du rôle qu'on lui a assigné. J'avais le temps et l'espace pour exister comme j'en avais envie. Qui plus est, au contact d'une culture suffisamment éloignée de la mienne et durant une période suffisamment courte pour qu'on ne m'impose pas d'autres manières de me comporter.

Mon amitié avec Nirina a joué un grand rôle dans le bien-être qui a marqué mes années à Madagascar. C'était un amour exclusif, inconditionnel, marqué par une grande complicité. Elle était là, pour moi, sans jamais remettre en question quoi que ce soit, et c'était réciproque.

Ma mère, avec qui je parlais de ça, a légèrement nuancé mon enthousiasme, me rappelant qu'il m'était régulièrement nécessaire de prendre de la distance, de respirer. Ce qu'en fait j'ai eu besoin de faire avec toutes les relations importantes de ma vie, sans jamais savoir comment l'exprimer.

En rangeant un classeur dans la bibliothèque, j'ai eu envie de sortir l'album photo de Madagascar qui se trouvait juste en dessous. Celui que ma mère avait confectionné pour moi et qu'elle m'avait donné lorsque j'avais quitté la maison.

Sur la première page, une image nous montre, mes sœurs, Nirina, Aina, Kanto et moi dans un champ de céréales. Les épis sont hauts et cachent presque complètement Chloé qui est la plus petite. Nous portons des robes et des chapeaux de paille malgaches.

La deuxième photo est celle de moi déguisée en « indienne », j'arbore de longues tresses noires, une tunique beige à franges, des mocassins, et des peintures sur le visage. La légende écrite à la main par ma mère indique « carnaval ».

L'album contient aussi la photo de mon arrivée, mes mains teintées de rouille, peut-être ne l'étaient-elles pas à cause de la terre après tout. Je joue avec les lunettes de soleil de ma mère, posées tout au bout de mon nez.

Sur les pages suivantes, je danse un slow avec un voisin, je tricote avec Nirina, je pose avec mes sœurs et elle, chacune arborant un t-shirt blanc sur lequel nous avons dessiné des clowns, nos jambes sont nues, nos pieds chaussés de tongs. Les scènes joyeuses et ensoleillées se succèdent, dans le désordre. Juliette et moi dans un petit avion d'Air Madagascar qui nous emmène à Morondava, avec mes cousines dans une pirogue à Tuléar, ma maîtresse d'école, Madame Eulalie, ma classe (je ne suis pas la seule Blanche en fait, nous sommes trois), mes parents enlacés sur le canapé, les fonds marins, un minuscule caméléon posé sur mon pouce, le concours canin auquel nous avions participé avec Juliette, nous efforçant de faire marcher dignement notre chiot qui n'était pas dressé et ne voulait pas avancer. Il était roux et blanc, ses longues oreilles frisées nous avaient donné l'idée de l'appeler Falkor, comme le dragon nacré de *L'histoire sans fin*.

J'ai regardé ces photos si souvent. À force, elles sont devenues des évocations isolées, sans lien avec une continuité. Elles flottent, ne rencontrent plus les événements qui les ont engendrées. J'espérais que les consulter à nouveau m'aiderait à donner de kla substance à cette période de ma vie, à faire surgir d'autres souvenirs, mais c'est plutôt le contraire qui se produit.

*

*Coucou Fanny,*

*Waouh !!! Merci pour les photos. Tu n'as pas du tout changé. Toujours aussi belle.*

*Vous êtes adorables.*

*Je vais essayer de te répondre ce soir.*

*Concernant la première question, c'est-à-dire mon impression : oh oui, à 98 % tout a été positif. Notre amitié nous a beaucoup aidées, psychologiquement, culturellement et même financièrement. Psychologiquement car durant notre enfance vous avoir comme amies était un privilège. Tout le monde nous enviait. On découvrait beaucoup de jeux intéressants. Les voyages. Les bons plats de ta maman. Et financièrement car le fait de parler français avec vous pendant notre enfance nous a permis de trouver facilement du travail.*

*On n'aurait pas connu les Barbie, les jeux de société, les dessins animés de Walt Disney, la peinture, le dessin, le coloriage, les soirées pyjama. J'aimerais parfois revivre tout cela.*

*Te souviens-tu des chaussures blanches que vous m'avez offertes ? J'ai couru sur la route qui menait chez vous, côté pente, et je suis tombée. Tu m'as demandé si j'avais mal, j'ai dit non mais j'avoue aujourd'hui que j'ai eu mal. Hihihi.*

*Le fait de fréquenter une famille blanche était au début effrayant j'avoue. C'était inhabituel pour nous. Mais à force de vous connaître, on avait juste hâte de vous retrouver chaque jour.*

*La différence de nationalité entre nous n'a rien changé dans notre amitié car on s'entendait super bien, on se comprenait tellement. En tout cas, c'est l'impression que j'avais.*

*Fanny, je m'excuse d'avance si je m'exprime parfois mal. Te souviens-tu de la fois où on a mangé chez ta grand-mère en Suisse ? Elle avait fait de la purée et m'a demandé si c'était bon. J'ai répondu « ça va » (je voulais dire que c'était délicieux), j'en ai redemandé et vous étiez tout étonnées.*

*Ma mère était tellement fière de notre amitié. Elle n'a jamais été contre quoi que ce soit.*

*Qu'est-ce que je trouvais étrange dans votre manière de vivre ? Rien du tout.*

*Par contre, j'ai trois mauvais souvenirs. Une fois ton papa s'est plaint que c'était toujours moi et pas mes sœurs qui partaient faire des sorties avec vous. Alors vous êtes tous partis avec mes sœurs et vous m'avez laissée toute seule dans votre cour. Tu as voulu rester avec moi mais je ne me souviens pas si ton père l'a permis. Ça a été très dur pour moi.*

*Deuxièmement, la fois où on m'a accusée de demander à ta sœur de me ramener à manger ou que je piquais de la nourriture. Mais un jour ta maman a préparé des céréales grillées à base d'avoine, ça sentait super bon. Ça m'a donnée envie. J'avoue, j'en ai piqué et ta maman est soudain arrivée. Quelle honte. Hihihi. Mais elle m'a très bien comprise et m'en a donné.*

*Te souviens-tu quand vous avez invité ma famille à dîner chez vous ? Vous nous avez servi des caca pigeon comme apéro et on a tout mangé en deux minutes. Encore une fois, quelle honte. Ta mère a fait la remarque « Oh vous avez drôlement faim dis donc ».* 🤭🤭🤭🤭

*Encore un souvenir, on avait tellement de choses à se dire que quand l'une d'entre nous était aux toilettes, on s'y enfermait ensemble pour pouvoir continuer à se parler. Beuhhhh.*

*Troisièmement, ce qui m'a rendue triste, c'est la fois où tu t'es énervée contre moi quand j'étais en vacances en Suisse. Tu sais très bien ce qui s'est passé mais je ne veux plus en parler et s'il te plaît, s'il te plaît, ne donne pas de détails dans ton livre.*

*Ces trois mauvais souvenirs constituent les 2 % négatifs de notre amitié. Cependant je garde d'innombrables et d'inoubliables bons souvenirs de notre amitié. Je te les raconterai au fur et à mesure.*

*À aucun moment le mot raciste ne m'est passé par la tête. Vous étiez tellement aimables et attentionnés.*

*Il me reste des anecdotes, il y en a tellement. Je continuerai demain ou une autre fois car je n'aurai bientôt plus de connexion.*

*À bientôt. Je t'embrasse très fort.*

*Mes salutations à ton fils et à toute la famille.*

## 3

Lors d'un déplacement en Valais pour le travail, je m'arrête chez une amie de mes parents. Nous l'avons rencontrée à Fianarantsoa, où elle a séjourné en même temps que nous. Je l'ai appelée et elle m'a invitée à dîner.

Carole vit seule – son mari bolivien a l'interdiction de quitter son pays, pour des raisons politiques, et ne peut donc pas la rejoindre – dans la maison qui a été celle de son enfance et que sa mère a occupée jusqu'à sa mort, quelques années auparavant. L'intérieur est partagé en deux, un espace que Carole s'est approprié, qu'elle est en train de rénover, décoré d'objets ramenés des pays dans lesquels elle a vécu, et, m'explique-t-elle, une partie restée presque intacte depuis l'époque de son enfance. Les meubles, la vaisselle, les tableaux, les cadres et les photos sont ceux avec lesquels elle a grandi, la table celle où elle a mangé avec ses frères et ses parents, le canapé celui où elle s'est allongée depuis qu'elle est née. Même les plantes semblent être là depuis toujours.

En entrant dans la moitié en rénovation, je suis frappée par la présence de Madagascar. Le pays est partout, représenté à travers son artisanat, lambas, tapis, statuettes en bois, jeux de société en marqueterie, petits vélos et voitures en matériaux recyclés, nappes brodées, ustensiles de cuisine en corne de zébu. Ces objets me sont familiers, ils font partie de mon univers depuis longtemps, certains décorent encore l'appartement de mes parents, mon fils s'amuse avec la girafe géante en raphia qui s'effiloche et ne tient plus sur ses pattes, ou avec le jeu du solitaire et ses billes en pierres semi-précieuses qu'il ne faut pas laisser tomber sur les catelles. Chez moi aussi il en reste des traces, ma corbeille à linge sale, des tissus, des paniers suspendus dans la chambre de B. qui ont perdu leur couleur, un vélo en boîte de conserve, un chapeau.

Des photographies en noir et blanc ornent les murs de l'appartement de Carole. Je les connais aussi, je les ai vues dans plusieurs endroits, déclinées dans tous les formats, sur cartes postales notamment. Elles sont l'œuvre de Pierrot Men, un photographe malgache ami de mes parents qui vivait à Fianarantsoa. Son fils a probablement été le premier garçon dont je suis tombée amoureuse, il s'appelait Mehdi et je le trouvais beau. Un lémurien apprivoisé vivait dans leur jardin.

D'où vient ce besoin d'accumuler les objets et les images des pays où l'on a vécu ? Est-ce le résultat d'un attachement réel, de la peur d'oublier, d'un réflexe de préservation et de documentation, le même que celui qui pousse à coller dans un album les photos de ses enfants ou de ses vacances ? Mais il révèle aussi les empreintes de la colonisation, la fascination pour l'*exotisme,* la propension à prendre chez *les autres* pour ramener *chez soi.* Ces objets ne sont pas simplement conservés, ils sont exposés. Ils témoignent d'un passé porteur de fierté, d'un sentiment de puissance peut-être. Ils deviennent des trophées.

Carole m'accueille chaleureusement, nous nous installons sur la terrasse, qui surplombe la vallée du Rhône. Je n'ai pas vu Carole depuis longtemps mais elle a partagé de nombreux moments avec nous et son amitié avec mes parents a traversé les années. J'ai l'impression de rendre visite à une tante et lui dis. Elle me répond qu'elle comprend bien, qu'elle nous a vu grandir et qu'elle a le sentiment de faire partie de la famille.

Elle me rappelle qu'elle était notre voisine directe à Fianarantsoa, sa maison juste en dessous de celle de Nirina, je l'avais oublié. Elle était engagée par la DDC mais n'occupait pas la même fonction que mon père. Elle avait une formation d'ingénieure agronome et travaillait pour le service de vulgarisation de Fianarantsoa, géré par l'État malgache. Les agronomes suisses, salariées par la DDC, encadraient des vulgarisateurs malgaches qui suivaient chacun une dizaine de paysans et paysannes, les conseillant dans la gestion des cultures et la planification territoriale. Certains objectifs étaient semblables à ceux poursuivis par mon père, lutter contre l'érosion, reboiser. Les cultures concernées par le travail de Carole étaient celles du manioc, de l'arachides, du maïs, elle ne s'occupait pas des rizières. L'idée était de développer au maximum la culture en terrasses, pour permettre l'infiltration d'eau. Elle donnait également des cours sur le reboisement. Pour attirer les paysans, rarement intéressés à suivre ces formations, on leur offrait des outils.

Je demande à Carole si elle considère que leur présence a eu un vrai impact. Oui et non, répond-elle, les arbres ont été plantés, mais il continuait à y avoir des feux et la croissance démographique était grande, rien n'était mis en place pour y répondre. Il aurait fallu des structures locales engagées dans ces questions pour que ça marche mieux mais à Madagascar c'était très rare. À l'époque, c'était un des dix pays les plus pauvres du monde, l'État n'était pas présent, le système de sécurité sociale n'était pas dans les mains de l'État mais dans les mains de la famille. Ça créait une dynamique où les gens n'étaient pas très motivés à posséder plus, parce que si tu possèdes plus, tu dois partager, nourrir plus de monde. Nous on essayait de proposer des formations participatives, de faire des séminaires, de développer des solutions directement avec les paysans, dans les limites du cadre du projet. Ils recevaient des ordres de l'État, on essayait d'être plus à l'écoute et en même temps, d'apporter des propositions concrètes. On investissait aussi du temps pour impliquer les responsables qui se trouvaient plus haut dans la hiérarchie de l'État.

Carole résume ses années à Madagascar en évoquant un très bon souvenir. Elle regrette de ne pas avoir fait davantage d'efforts pour apprendre le malgache, ce sont ses collègues qui s'adaptaient à elle et ça aurait dû être l'inverse. Culturellement, elle s'est toujours sentie à l'écart, elle a compris très vite qu'elle ne ferait jamais partie de cette société. Elle utilise le terme de *racisme positif* pour décrire son rapport avec la population malgache.

J'ai résisté presque une année sans engager de bonne, continue-t-elle, chaque jour quelqu'un venait me proposer ses services. Je faisais mes lessives à la main. Mais finalement j'ai craqué. Les gens avaient des attentes envers moi, comme moi j'en avais envers eux. Ma situation était évidemment extrêmement privilégiée, même comparée à d'autres expatriés. Parce que j'avais un salaire suisse, une maison, un boulot qui m'intéressait et je ne dépendais pas du tout du système malgache. Ceux qui avaient une entreprise, des employés malgaches, étaient plus exposés. Mes collègues malgaches, qui travaillaient au même niveau que moi, gagnaient 100 à 200 francs malgaches par mois. Je ne les invitais jamais parce que je savais qu'ensuite ils se sentiraient obligés de m'inviter en retour et que ça leur coûterait une fortune. L'inégalité économique était énorme.

J'avais peu de vrais amis, j'ai eu le sentiment de ne jamais bien comprendre, de ne jamais avoir d'échanges faciles. C'était un peu différent avec les personnes qui étaient parties faire leurs études ailleurs, j'avais un ami prof qui parlait allemand, il avait étudié en Union soviétique, et un autre ami médecin qui lui aussi avait étudié à l'étranger, qui avait été rappelé à Madagascar par Ratsiraka dans les années 80.

Carole a travaillé longtemps également en Amérique latine et son sentiment d'intégration là-bas a été différent. La culture lui paraissait plus proche de la sienne. En Bolivie, dit-elle, je me suis passionnée pour la figure d'une activiste qui se battait pour le droit des femmes. Au Nicaragua, j'avais l'impression qu'on luttait pour les mêmes choses, j'ai travaillé avec des ONG, des coopératives, des gens qui voulaient changer les choses. À Madagascar, la société civile était presque inexistante, en dehors de quelques organisations religieuses.

Je pourrais continuer la discussion pendant des heures. Pour en apprendre davantage sur ce qu'a été l'expérience de Carole en tant que femme seule à Madagascar, sur son intimité. Son regard sur le pays est différent de celui de mes parents, il m'emmène ailleurs et il est plus facile pour moi de l'interroger elle. Mais je ne veux pas l'accabler de questions et je m'arrête lorsqu'elle suggère qu'il est temps d'aller préparer le repas. Nous mangeons des petits poissons du lac avec des pommes de terre sur une autre terrasse, celle du rez-de-chaussée. Carole a acheté pour moi de l'abricotine, nous la sirotons en feuilletant ses albums photo.

# 4

En juillet, des pluies torrentielles tombent sur l'Europe. Les rivières et les lacs sortent de leurs lits. L'eau envahit la ville, je traverse les passages inondés, mes sandales à la main. Les arbres les plus proches des rives menacent de s'effondrer, la terre qui soutient leurs racines s'érode. Certains sont abattus.

L'emblème de Madagascar reproduit, dans sa partie supérieure, un ravenala, ou arbre du voyageur. Cette plante tropicale a été baptisée ainsi dans les langues occidentales parce que sa sève potable permettait au voyageur de se désaltérer. C'est une espèce endémique, comme la plupart des espèces végétales et animales présentes sur la grande île.

Nous allions souvent nous baigner dans une piscine thermale lovée au cœur d'un parc national, à Ranomafana. Pour y arriver, nous roulions plus d'une heure sur des routes défoncées. Juliette vomissait à chaque fois.

Un arbre du voyageur bordait le petit bassin en béton grossier sur lequel nous râpions nos pieds nus. La nature alentour était luxuriante, des milliers de verts qui se déployaient à perte de vue. Cette sensation sur la peau, la touffeur de l'air, la morsure du soleil, l'eau trouble et tiède, ces chaleurs qui se mélangeaient et enveloppaient nos corps d'enfants.

Une nuit, un cyclone a touché la région, le bruit du vent furieux, les branches qui volaient devant les fenêtres, la pluie en tourbillons, effrénée et sauvage, le toit de la maison des voisins a été arraché, le nôtre n'a pas souffert. Plus tard, j'ai vu des photos du site de Ranomafana, il était dévasté, le petit pont en bois qu'il fallait traverser pour y arriver avait été détruit, les inondations avaient ravagé la végétation alentour.

Je voudrais me souvenir du ravenala, j'ai une image de lui avec une branche cassée, mais peut-être était-il déjà comme ça avant le cyclone. A-t-il survécu ?

*N'aie pas peur. Mon récit ne peut pas te faire du mal malgré ce que j'ai fait et promets de rester calmement étendue dans le noir – je pleurerai peut-être, ou je verrai parfois à nouveau le sang – mais je ne déploierai plus jamais mes membres avant de me dresser et de montrer les dents. Je m'explique. Tu peux penser que ce que je te dis est une confession, si tu veux, mais c'est une confession pleine de ces curiosités qui ne sont familières que dans les rêves et durant ces moments où le profil d'un chien se dessine dans le plumet de vapeur s'élevant d'une bouilloire.*

Toni Morrison

# AUTOMNE

# 1

Deux aigles royaux planent juste au-dessus de moi, leurs ailes immenses vibrent dans les courants. Je distingue nettement les taches blanches qui les caractérisent – comme j'ai pu le vérifier plus tard, dans un livre sur la faune et la flore de la région –, ainsi que leur bec jaune et courbé.

Les arbres commencent à rougir, quelques épines de mélèzes tournoient déjà dans le vent. Les rapaces quittent soudain mon champ de vision. Je me couche devant un petit chalet d'alpage, abritée contre ses murs, mes mains sont gelées, mon corps étonné par le froid nouveau.

Le bruit assourdissant d'un avion de chasse envahit les montagnes, je sens le feu.

J'écris assise dans l'herbe en tailleur, mes habits noirs captent la chaleur du soleil. Je doute toujours de mon projet mais il s'incruste.

*

Le brouillard monte depuis le lac. Pour y échapper, B. et moi prenons le funiculaire. Au-dessus de la grisaille, le soleil éclate. On pique-nique dans l'herbe puis on redescend à pied. Au milieu du trajet, B. commence à râler, il ne veut plus avancer. Pour le distraire, je lui raconte des histoires. Mon départ à Madagascar, notre arrivée, notre maison blanche (il me demande si j'habitais dans la maison de Barack Obama), les pêches très mûres que nous volions sur l'arbre des voisins en grimpant sur le toit de notre maison, les moustiques, les lémuriens, l'odeur des litchis vendus partout lorsque c'était la saison, qui envahissaient la ville et pourrissaient sur les trottoirs, les caca pigeon, ces petits beignets salés que nous mangions pour l'apéritif.

B. ne veut plus que je m'arrête, il me répète, dès que je marque une pause, raconte-moi encore l'Afrique. Je lui dis que c'est mon expérience à Madagascar que je lui raconte, pas *l'Afrique*, mais il persiste, raconte-moi encore l'Afrique. Je rapporte les mêmes histoires, celles que j'ai définies comme constituant la surface.

Je lis *Memorial Drive*, de Natasha Trethewey, dans lequel elle raconte le meurtre de sa mère par son beau-père et la manière dont cette tragédie a impacté sa propre vie. Au-delà de l'aspect bouleversant de ce témoignage et de la finesse avec laquelle l'autrice dénoue les ficelles du traumatisme, je suis frappée par la manière dont elle ancre son récit dans un cadre historique. En revenant sur son enfance, elle raconte les violences raciales qui l'ont rythmée, le contexte politique dans lequel elle a grandi. Cela me fait prendre conscience que je ne sais rien – ou très peu – de l'histoire de Madagascar. Je sais ce que j'en ai appris enfant, qu'il y a eu des reines – nous avons visité leur palais –, que la France a colonisé l'île mais que celle-ci a repris son indépendance, que le président vivait dans une maison gigantesque,

que la plupart des habitantes et habitants était très pauvres, que le pays était « instable », que les gens croyaient aux fantômes, qu'ils déterraient leurs morts pour les retourner dans leur tombe, que de nombreux commerces étaient tenus par des Chinois et Chinoises immigrés.

Ce pays a été pour moi une terre de sensations, d'expériences, une terre flottante, détachée du reste du monde et de ses contraintes, détachée de la réalité des gens qui y vivaient depuis toujours. J'y libre alors même que nous vivions entourées de hautes palissades, que nous ne pouvions pas sortir seules dans la rue, que l'école était stricte.

Je m'enivrais du caractère exceptionnel de cette existence. Le reste m'importait peu.

En août 1992, le pays a adopté par référendum une nouvelle constitution pour l'avènement de sa III$^{e}$ République. En février 1993, Albert Zafy a été élu président de la République. Une année plus tard, le cyclone Geralda, celui-là même qui a maltraité l'arbre du voyageur de Ranomafana, a tué 300 personnes et fait 350 000 sans-abri.

Tout ça a eu lieu alors que je vivais là-bas.

*

L'auteur malgache Baptiste-Luc Raharimanana dit que l'autobiographie est une fiction en devenir.

*Dans la rue je regarde les gens qui traversent, qui passent, qui conversent, qui vivent. Leurs instants sont précieux, ils ne le savent pas toujours. Dans quelques secondes, ils n'iront plus dans cette rue de la même manière. Ils auront disparu. Et personne ne saura qu'ils sont passés là. Puis je me rends compte que je fais partie du lot. Alors tricher, se poser en autobiographe... Peine perdue, je deviendrais personnage, fiction, car aucun lecteur, plus tard, ne m'aurait rencontré en vrai. Ceux qui m'auront connu passeront aussi. La même rue restera là, pour d'autres anonymes.*

# 2

*Chère Nirina,*

*Je te réponds enfin.*

*Merci infiniment pour tes réponses. J'ai adoré les lire. J'ai une très mauvaise mémoire à long terme et je me rappelle peu de choses de mon enfance. J'avais oublié la plupart des épisodes que tu racontes. Ça me touche beaucoup que tu évoques notre amitié et les moments qu'on a partagés avec autant d'enthousiasme. Pour moi aussi tout ça a énormément compté. Vivre à Madagascar a été l'une des plus belles expériences de ma vie.*

*Je me souviens de l'épisode de la purée ! C'est vrai qu'on n'a pas très bien compris ce qui se passait* 😂.

*Je ne me souviens pas du tout de la fois où mon père n'a pas voulu que tu viennes avec nous, je comprends que ça t'ait rendue triste. Ça me paraît très dur et injuste. Est-ce que mes parents t'accusaient vraiment de voler de la nourriture ? Ça m'étonne de leur part.*

*Concernant la fois où je me suis énervée contre toi, je sais que j'avais agi d'une manière agressive et je t'envoie mes profondes excuses. Mais je t'avoue que j'ai totalement oublié la raison de cette colère. Je crois que j'avais juste besoin d'être un peu seule, parce que tu es restée chez nous longtemps et était constamment ensemble. Mais bien sûr, j'aurais dû l'exprimer autrement. Et de manière générale, j'avais adoré que tu sois là, te faire découvrir mon pays.*

*Pourquoi ne souhaites-tu pas que j'évoque ça dans mon livre ? C'est surtout moi qui ai mal agi ce jour-là. Et c'est important de ne pas cacher les moins bons moments.*

*Si tu as d'autres souvenirs et anecdotes à me raconter, n'hésite pas !*

*Et sinon, comment vas-tu ?*

*Ici l'automne est arrivé, il commence à faire un peu froid. Je continue de me baigner dans le lac régulièrement mais la température de l'eau baisse de plus en plus.*

*B. va bien. Il vient d'avoir deux semaines de vacances. Il grandit à vue d'œil. Comment vont tes enfants ?*

*Je t'embrasse très fort.*

*Ah et je voulais te demander encore une chose. Tu m'as dit plusieurs fois que la vie à Tana est très rythmée. Est-ce que tu serais d'accord de me raconter à quoi ressemblent tes journées ? Que fais-tu du matin jusqu'au soir ? J'ai envie de pouvoir t'imaginer.*

*

Après notre retour de Madagascar, mes parents, mes sœurs et moi avons vécu à la campagne, près de La Chaux-de-Fonds. Nous occupions un duplex dans une vieille maison qui avait autrefois servi de refuge de chasse aux seigneurs de la région. L'appartement était chauffé au bois, grâce à une cheminée dans le salon, et un poêle à la cuisine. Certains matins d'hiver, il faisait dix degrés dans ma chambre éloignée des centres de chaleur.

Chaque année, en automne, nous consacrions plusieurs samedis à ce que nous appelions des « journées bois ». Il s'agissait de couper les bûches qui avaient été livrées par camion et entreposées sous de grandes tôles au fond du jardin, de les déplacer et les ranger en tas réguliers dans un hangar. Cette activité n'était pas obligatoire mais toute la famille était fortement encouragée à participer, ainsi que celle du propriétaire de la maison, qui habitait dans l'appartement au-dessus du nôtre. Je me réveillais au son de la tronçonneuse et rejoignais les travailleuses et travailleurs après avoir pris mon petit déjeuner. Lorsque mon père avait scié suffisamment de bois, nous formions une première chaîne pour charger la remorque dans laquelle il serait transporté. Nous nous lancions les rondins de bras en bras. La journée était une succession de petites actions, effectuées avec concentration et précision, pour éviter les blessures. La bûche qui atterrissait sur les bras, le léger mouvement vers le bas pour amortir le choc, l'écorce qui griffait doucement la peau, les échanges de regard pour s'assurer de la disponibilité de la personne suivante, le rythme commun, la remorque qui se remplissait. Mon père ou le voisin manœuvrait ensuite la voiture pour déplacer la remorque le plus près possible du hangar. Nous formions alors une deuxième chaîne et celui ou celle qui se trouvait à son extrémité avait la responsabilité d'édifier un tas, qui devait être le plus droit possible, afin qu'il ne s'écroule jamais.

Les exigences étaient grandes, je ne voulais décevoir personne.

Adolescente, je rechignais par principe à participer à ses journées. Mais en vérité, je les ai toujours aimées. Elles se déroulaient souvent par beau temps, sous ces ciels bleu roi et nets, caractéristiques de la région à cette saison. J'étais dehors, je contribuais à un travail de groupe, j'utilisais mon corps dans un but concret et précis. J'aimais les gants de bûcheron trop grands pour mes mains, l'odeur de sciure et de sève, les tas qui prenaient forme, le soleil, de plus en plus doux au fil des heures, les repas partagés.

En visite chez mes parents avec B., nous faisons un feu dans le jardin. Il joue avec son cousin aux Lego, sur une couverture posée dans l'herbe humide. Juliette et moi tentons de réanimer les flammes, le bois n'est pas assez sec et l'épaisse fumée qui s'en dégage nous pique les yeux. Nous brûlons les branches du tilleul auprès duquel nous avons grandi, que mon père et le voisin ont récemment abattu parce qu'il était malade. Il semble résister à nos tentatives de le faire disparaître et nous ne pouvons nous empêcher d'y voir un signe, une raison de plus de ne pas sacrifier notre attachement envers lui, de continuer à le considérer comme une présence vivante et porteuse de mémoire.

Le foyer se trouve dans la partie du jardin la plus éloignée de la maison, à côté du bois entreposé sous les tôles en attente d'être scié et rangé à l'abri. Mon père et mon beau-frère s'adonnent justement à ce travail. La technique a évolué depuis mon enfance. Une grande scie circulaire, alimentée par l'énergie solaire, a remplacé la tronçonneuse et son essence. La remorque tirée par la voiture a disparu et les rondins sont transportés dans des brouettes déplacées à la force des bras.

Je vais me joindre à l'ouvrage. En partie parce que je suis agacée par la répartition des tâches genrée qui s'est mise en place *naturellement* (ma mère partie faire les courses, ma sœur qui cuisine et moi restée près du feu avec les enfants), mais surtout parce que j'ai envie de partager ce moment avec mon père, de lui apporter mon aide et de bouger. J'empoigne la brouette pleine de bûches fraîchement sciées et la pousse jusqu'au garage où je poursuis l'édification du tas. Mon père m'apporte des gants. Il faut juste faire attention à ce que le tas ne penche pas vers l'avant, me dit-il, c'est tout. Je souris. J'ai remarqué que les rondins ont tous été rangés dans le même sens. Le côté nouvellement tranché, clair et lisse est visible, alors que la face grise et vieillie est cachée. Une des nombreuses petites manies de mon père à laquelle je n'ai jusque-là jamais prêté attention. Je poursuis l'opération de la même manière mais je répartis dans le tas trois bûches tournées à l'envers. Je me demande si mon père va les remarquer.

Il me montre comment utiliser la scie électrique. J'enfile le casque de bûcheron avec les protections anti-bruit intégrées, il me tombe sur le visage. Je l'ajuste et m'attèle à la tâche. Je bloque la machine à la première tentative. Elle s'éteint dans un grand clac et je suis certaine d'avoir tout cassé. J'appelle mon père, penaude, il me dit en riant que j'ai juste déclenché le système de sécurité, que je dois aller moins vite. Il extrait le bout de bois coincé et je recommence, cette fois avec plus de succès. J'allume la machine, rassemble deux longues bûches dans l'espace prévu et fais descendre la lame tournoyante. Je lance les rondins coupés à la bonne dimension dans la brouette, la déplace, empile le bois, et ainsi de suite jusqu'à ce qu'on m'appelle pour manger.

Nous grillons des châtaignes sur les braises. Je tente d'enlever les miettes de poussière qui m'ont volé dans les yeux.

*

Je pense aux arbres quand ils tombent. L'attente anxieuse, la tronçonneuse qui cisaille le flanc, la sciure qui gicle et éclaircit le sol, le cri d'avertissement, juste avant le début du basculement, les craquements, de plus en plus profonds, la lenteur de la chute, comme si l'arbre hésitait, résistait, puis capitulait, le bruit de la masse qui rencontre le sol, les branches qui se cassent, le souffle. Puis le silence. Le géant endormi.

*

*Coucou.*

*Nous sommes allés à la piscine le week-end dernier. J'ai raconté à mes enfants ce qui s'est passé en Suisse, lorsque ta tante m'a sauvée. C'est une héroïne. Transmets-lui mes salutations.*

*Je t'embrasse très fort.*

*Nirina*

# 3

Après des mois sans réponse, je reçois un email des Archives de la ville de Lausanne, avec un lien pour visionner le film sur la coopération suisse au Rwanda. Il s'agit en réalité de plusieurs extraits de différentes longueurs qui semblent constituer les chapitres d'une version complète que je ne trouve pas. Je repère très vite le segment qui m'intéresse. Il est représenté par une image de mon père et moi, dans le jardin de notre maison.

Mon père est assis dans un fauteuil et je suis installée sur ses genoux. En arrière-plan, trois personnes rwandaises nous regardent. L'extrait date de 1987 (mon père avait 30 ans, ma mère 26 et moi 2), il s'intitule *Dans les collines* et dure vingt-neuf minutes. Il commence par un texte d'introduction : « Ce film relate un moment de la vie au quotidien d'une famille de coopérants suisses, dans les collines du Rwanda, à Wisumo, dans la province de Kibuye, à plus de 2000 mètres d'altitude. Il constitue l'un des volets d'une série de films produits dans le cadre de la Coopération au développement pour approfondir la question de la « rencontre des cultures ». Avec : Louis, coopérant, responsable de la scierie, Monsieur Charles, employé de maison, Béatrice, femme de coopérant, ainsi que les employés de la scierie durant le travail et lors de l'après-midi d'animation obligatoire. »

La première image est celle des mains de mon père qui compte des billets de banque sur une table. Je reconnais son alliance (qu'il a du mal à enlever aujourd'hui, il l'a portée si longtemps qu'elle semble incrustée dans sa peau), un pansement entoure le bout de son index et il porte une montre.

La deuxième image montre mon père en entier, derrière un bureau, il passe la liasse de billets à l'homme qui se trouve à sa gauche, celui-ci les compte à son tour. Mon père prend d'autres billets et des pièces de monnaie dans une caisse en face de lui, il les tend à son collègue. Il range une feuille de papier dans le tiroir du bureau, s'assoit, compte une nouvelle liasse.

Plan fixe, mon père toujours assis à la même table compte des billets qu'il sort d'enveloppes blanches. Il tient chaque enveloppe vidée devant son visage, à contre-jour, pour vérifier qu'elle ne contient plus rien. Son collègue et un autre homme discutent en kinyarwanda et prennent des notes sur un tableau. La scène est filmée depuis le côté, les corps se cachent les uns les autres, les visages se dévoilent de temps en temps.

Nouveau plan fixe. Des hommes et un enfant, visiblement des ouvriers, attendent leur paie. En fond sonore, la voix de mon père : « C'est presque les deux meilleurs, hein Azalé, avec [un nom que je ne comprends pas, le son est très mauvais, le bruit d'une tronçonneuse couvre les voix], ils travaillent assez bien, assez vite et bien. D'ailleurs c'est souvent à eux que vous donnez les bulletins, c'est souvent eux qui font ça parce que ce sont de bons ouvriers. » Azalé répond « oui », puis la conversation continue. L'accent neuchâtelois de mon père est très prononcé, je reconnais à peine sa voix. La caméra revient sur son collègue et lui, depuis l'arrière, leurs silhouettes se détachent en contre-jour. Ils sont à l'intérieur d'une cabane dont les fenêtres et la porte sont ouvertes. À l'extérieur, des tas de planches sont rangés sous un toit. Un homme entre, se penche vers mon père qui lui dit que c'est la dernière fois qu'il travaille pour eux, « Il vous a dit, Azalé ? », demande mon père, l'homme répond « non », mon père continue : « À cause de ces histoires de vol ».

À ce moment-là, sans transition, l'image change, la caméra dévoile des paysages, des collines vertes et brumeuses. Elles restent visibles si peu de temps, avant de laisser revenir les hommes dans la cabane, que je me demande si un problème technique a provoqué ce flash surréaliste, si j'ai sauté un passage. Je reviens en arrière pour vérifier mais non, c'est visiblement un effet voulu. Je continue.

Gros plan bref sur le visage de mon père, des voix en kinyarwanda, la suite de la discussion sur les vols et le licenciement de certains ouvriers. Mon père explique la situation à Azalé et ce dernier traduit aux ouvriers concernés. Différents plans se succèdent, des plantations, un sous-bois, des casques et des outils abandonnés au pied des troncs, des chapeaux posés au sommet de bâtons plantés dans le sol, puis un groupe d'hommes, des visages face caméra, curieusement cadrés, en bas de l'écran. Certains dansent, ils semblent chanter mais on ne les entend pas, mon père continue de parler de planches volées, de complices et de sanctions. Peu à peu, les chants se superposent à la voix, des cris, des rythmes, puis la voix de mon père disparaît.

Des ouvriers en pause mangent, assis devant des planches entassées, ils regardent la caméra, nouvelles images des chanteurs, puis retour à mon père, toujours à la même place. « Vous avez fait le bordereau pour la réparation du pont ? » Un homme lui répond : « Non pas encore ». La discussion continue mais elle est inintelligible. D'autres images de la scierie et des ouvriers se succèdent puis la séquence se termine.

Apparaissent alors à nouveau les collines, le ciel lourd de nuages, le lac Kivu, en arrière-plan, dans une trouée de lumière.

Je fais une pause, étourdie par les visions saccadées.

Lorsque les collines disparaissent, une voix off prend le relais. Elle demande : « Vous pourriez me raconter, où vous avez travaillé ? » Sur l'écran devenu noir s'affiche une légende : « Autour de la maison de nos hôtes. Monsieur Charles, leur employé. » Un plan fixe montre un homme qui lave du linge dans une bassine orange. Il est assis sur un tabouret en bois, devant une cabane, dans ce qui semble être une cour, ou un jardin. Un enfant, debout derrière lui, regarde la caméra. L'interview se poursuit :

– Vous pouvez raconter un petit peu ?

– Oui oui

– Depuis quand vous travaillez, qu'est-ce que vous avez fait ?

– [Je ne parviens pas à comprendre la réponse]

– Mais depuis 54, comme ça ?

– 54, oui

– Votre histoire.

– D'abord j'ai commencé 54, 53, comme ça. Puis 54, 55, 56, cuisinier, jusqu'à maintenant.

– Toujours chez des (*silence*) Blancs ?

– Toujours.

Monsieur Charles continue de parler mais il est très difficile de comprendre ce qu'il dit. Un texte défile sur l'écran, entre parenthèses : « (Monsieur Charles travaillait autrefois de l'autre côté du lac Kivu, sur territoire zaïrois depuis l'indépendance de ce pays) ».

L'interview reprend :

– Il est venu de nouveaux Blancs.

– Oui, nouveaux Blancs.

– Est-ce qu'ils étaient différents ?

À nouveau, je ne parviens pas à comprendre la réponse de Monsieur Charles. Gros plans sur ses mains qui lavent le linge. Il rince les vêtements dans une bassine blanche. Derrière la conversation, d'autres sons me parviennent, ceux de la cour, des oiseaux, le bruit de l'eau, une voix d'enfant.

– C'est facile de travailler chez les Blancs ?

– C'est facile ? Non (*rires*).

Puis j'apparais à l'image, sur un petit vélo. J'ai deux ans environ, mes cheveux sont très clairs, presque blancs. Je passe derrière Monsieur Charles et le regarde, il est debout, penché en avant au-dessus d'une troisième bassine, il essore les vêtements. Un enfant me suit, au volant d'un petit tracteur vert. C'est mon ami Benjamin. C'était un voisin, nous passions beaucoup de temps ensemble. Il porte un short et des bottes en caoutchouc jaunes. Il percute l'arrière de mon vélo, je lui dis d'arrêter. Nous traversons l'image et quittons le champ de l'autre côté.

Plan fixe sur le linge étendu et sur Benjamin qui mange un fruit.

– Monsieur, c'est votre fils ?

– Non.

– Vous avez des enfants ?

– Oui, huit (*rires*).

Changement de plan, le visage de ma mère apparaît à l'écran. Assise à une table, elle porte un pull turquoise, un bouquet de fleurs est posé devant elle, elle lit une lettre. On m'entend jouer à côté. Ma mère pose la lettre et me regarde. Elle sait que la caméra est là et elle semble mal à l'aise. Elle me sourit et revient à la lettre, la plie. Benjamin et moi apparaissons furtivement dans le champ qui s'élargit lentement, je parle à ma mère, lui dis que j'ai retrouvé la pièce de l'escargot.

On comprend peu à peu que l'image est le reflet d'un miroir. Celui-ci se dévoile à mesure que la caméra s'éloigne, puis on voit une commode sur laquelle sont posés des objets décoratifs, et une porte ouverte sur une chambre. Au mur, à côté du miroir, je reconnais une photo de moi bébé. Elle est entourée d'un cadre en bois rouge que ma mère a fabriqué. Dans le coin gauche du cadre, elle a découpé et peint un clown qui semble me regarder. Je suis assise sur un tapis, mon visage est tourné vers lui.

Je possède toujours ce cadre et cette photo, ils m'ont suivie dans tous mes déménagements.

L'image change à nouveau, quelques secondes dans la cuisine, ma mère coupe et presse des citrons verts. Un homme l'aide à cuisiner.

Brusquement surgit une photo de mon père et moi filmée en gros plan. Je suis dans ses bras, nos visages sont très proches, il me regarde avec tendresse, la tête penchée sur le côté, je porte un chapeau et ses lunettes de soleil, beaucoup trop grandes pour moi, je souris.

Je ne comprends pas la soudaine apparition de cette photo, sur le même mode furtif que les collines un peu plus tôt. En visionnant le film plusieurs fois, je finis par réaliser que cette image décore le mur de la chambre entrevue dans la scène du miroir. Mais ça ne fait que renforcer le sentiment qu'on expose mon intimité de manière gratuite et ironique.

Après quelques secondes à l'écran, la photo laisse place à la cuisine, ma mère et son employé s'essuient les mains sur un linge, en silence. Ce nouveau plan dure quelques secondes et on retrouve ma mère, installée à la table, avec son pull turquoise. Elle est filmée depuis l'autre côté cette fois, dans un plan plus large, la table se trouve sur une terrasse, le jardin derrière est luxuriant, Benjamin joue sur des couvertures posées au sol. La voix du réalisateur reprend :

– Voilà, tu peux commencer. Raconte comment les gens arrivent.

Ma mère parle :

– Les gens arrivent tranquillement, j'entends *mwiriwe*, alors je réponds *mwiriwe, ego*, si c'est quelqu'un que je connais, je l'invite à s'asseoir, je lui offre éventuellement un Coca, un Fanta, etc., puis après je m'assieds en face et j'attends. J'essaie de poser quelques questions si c'est quelqu'un qui parle le français. Et sinon ben j'attends. Alors les gens regardent ce qu'il y a dans la maison, ils regardent Fanny qui joue, ils regardent les jouets, et ça s'arrête là. Il se passe pas grand-chose d'autre.

– Qu'est-ce qu'ils posent comme questions ?

– Ils ne posent pas de question.

– Et toi, qu'est-ce que tu leur poses comme question ?

Ma mère soupire et continue.

– Est-ce que la famille va bien. Est-ce que vos enfants vont bien. Est-ce que les petits pois poussent bien.

La caméra se rapproche de son visage, ma mère poursuit.

– Alors très souvent, bon, je leur demande, vous voulez quelque chose ? Vous avez quelque chose à me demander ? Ils me disent non. Et si je ne suis pas disponible, je repars dans la maison.

– Toi tu repars ?

– Oui.

– Pour faire quoi ?

– Ce que j'étais en train de faire. Si tu veux bien, c'est presque parfois... C'est vraiment une forme de politesse pour moi, de recevoir les gens, de leur offrir un Coca, maintenant. Parce que je n'ai plus envie de toujours réengager la discussion. (*Geste de résignation*)

– Ça te fait quoi, ça ?

– Ça me gêne. Tu sais, tu nous disais l'autre fois que ça nous rendait un petit peu amères, c'est vrai. Ça te rend amère, tu en es conscient, et ça gêne. (*Pause*). Ou bien, tu as certaines personnes qui arrivent là simplement pour regarder jouer les enfants. Et pour regarder la maison. Vraiment pour voir comment on vit. Comment c'est dans la maison, ce qu'on a sur la table, et puis c'est tout. Alors au bout d'un moment, je leur demande s'ils veulent quelque chose et je leur dis au revoir. C'est pas très sympa mais je les expédie.

La caméra se rapproche encore, le visage de ma mère est filmé de très près. Elle continue.

– Ça tient à quoi ? Ça je me suis souvent demandée à quoi ça tenait. Ça tient à la pudeur des gens et à une certaine gêne vis-à-vis de moi peut-être, ils ont pas envie de me parler à la limite, ils ont pas envie de me parler de leur vie je crois, tout simplement.

– Qu'est-ce que tu espérais ?

Ma mère coupe son interlocuteur.

– Et puis pour finir, je ne suis plus disponible pour ça. Je sais pas, peut-être que ça devrait me suffire si tu veux, que les gens viennent me trouver, que je leur offre un Fanta ou n'importe quoi. Et puis voilà, ils vont rester une demi-heure et repartir. Et moi j'ai plus envie de faire l'effort, de recevoir les gens comme ça, et d'essayer de discuter. Donc je parle, c'est presque que des femmes qui viennent me voir. Et il y en a très peu ici qui parlent le français, étant donné qu'on est isolés. De temps en temps un stagiaire de l'école de Nyamishaba, qui est juste ici en dessous. Non, sinon y a pas d'hommes qui viennent me trouver. À part des personnes qui se sont blessées à un doigt, qui auraient envie que je désinfecte, que je mette un pansement. Ce que je fais volontiers, évidemment. Sinon, non. C'est clair qu'il y a un problème de langue mais ça ne fait pas tout. Parce que même avec les gens qui parlent le français, j'ai pas de contact. Je sais pas, je me pose souvent la question, j'aimerais que ça se passe normalement, que ça se passe bien, que je sois contente de rencontrer quelqu'un, que les choses se fassent naturellement. Mais même si c'est des discussions toute simples, même si je leur demande comment vont leurs enfants, ou leur mari, ou n'importe quoi, mais que ça soit plus chaleureux, que je sentes qu'il y a un petit truc qui passe. Alors que là vraiment.

La caméra se déplace vers des plantes dans le jardin, puis vers Benjamin, qui joue toujours sur les couvertures. Une autre voix d'enfant chantonne, ça doit être la mienne, mais on ne me voit pas. Benjamin tient une chaussure rouge sur ses genoux et fait passer les lacets entre ses doigts.

– Tu sais ce qu'ils pensent de toi ? demande le réalisateur à ma mère.

– Non vraiment je sais pas ce que les gens pensent ici. Vraiment je sais pas. Ce qu'ils pensent de moi.

– Tu le devines des fois ?

– Non, j'ai beaucoup de peine. Bon c'est clair que vis-à-vis des employés, ils pensent que je suis la patronne, évidemment c'est moi qui décide. Je peux dire n'importe quoi, les gens vont le faire. Et peut-être à un niveau différent, mais... une personne qui vient ici, je peux lui demander n'importe quoi, elle va le faire. Si tu veux, il y a de toute façon une différence hiérarchique pour eux.

– Que tu vis bien ?

– Non. Pas du tout. Ça me gêne beaucoup. Mais c'est pas seulement par rapport à ici, c'est par rapport à tout le pays si tu veux. Je trouve que c'est pénible d'être toujours un étranger. Un étranger qu'on regarde. Tu sais des fois t'as envie de te promener après... enfin de pouvoir te promener où t'as envie et de passer inaperçue tu vois. C'est vrai.

– Tu t'attendais à vivre quoi en venant au Rwanda ?

– Je sais pas (*rires*). Je m'étais pas fait d'idées préconçues. J'avais juste envie de vivre bien, de vivre quelque chose de différent, de connaître une autre culture, d'autres manières de voir les choses. Et en fait, je me sens cantonnée ici, un peu prisonnière de ma maison. Peut-être aussi à cause du temps, qui est très souvent moche. Si je vais me promener, j'ai même pas tellement envie de rencontrer des gens. Bon, je vais rencontrer des gens, on va les saluer, c'est tout. À la limite maintenant, j'ai même envie d'aller me promener où il n'y a personne. C'est un peu triste, hein ? (*Pause*) Non, je sais vraiment pas, j'ai rien de précis dans la tête. C'est un état de chose. (*Pause*) Une histoire concernant quoi exactement ? Mon rapport avec les gens ?

– Par exemple.

– Les discussions les plus profondes que j'ai eues avec des hommes ?

– Par exemple.

– Par exemple (*sourire en coin*). Une ou deux fois je me suis retrouvée avec des hommes et les seules discussions qu'on ait eues, c'était concernant les moyens de contraception. Ils étaient très intéressés. De savoir déjà comment j'avais fait pour être mariée plusieurs années sans avoir d'enfant, et n'avoir qu'un enfant maintenant. Et je crois vraiment que c'est les discussions les plus sérieuses, et les plus sincères, que j'ai eues avec des hommes.

La caméra revient sur ma mère, on entend sa voix, mais à l'image elle ne parle pas, regarde vers le sol. Puis elle se tourne vers la caméra, sourit, rougit, puis rit, mal à l'aise.

La scène change, une télévision est installée sur une chaise, dans le jardin, derrière une table couverte d'une nappe jaune sur laquelle sont posées deux bouteilles de Fanta vides, un verre et un paquet de cigarettes. On entend ma voix, celle de mon père, puis les commentaires de la télévision : « Cela marquera un tournant, dans la carrière du Malien. » Un peu en retrait, deux hommes et une femme regardent en direction de la télévision, immobiles, le visage fermé. Le champ s'élargit et j'apparais, debout à côté de la table, mon père en face de moi. Puis ce dernier, assis dans un fauteuil, il regarde la télévision, je suis sur ses genoux. Il me sourit. C'est l'image qui illustre l'extrait sur le site où je l'ai visionné. Ma mère plus loin discute avec une femme. Leur conversation est inaudible, il ne reste que le son de la télévision et mes babillages. Je les rejoins. Puis l'écran s'assombrit.

Le générique indique que la production est de la Direction de la coopération au développement et l'aide humanitaire, Berne, Suisse.

# 4

Un ami revenu de Rome me parle de Néron, empereur cruel à l'ambition démesurée. Après le grand incendie de la ville, celui-ci a fait édifier un palais, la *Domus aurea*, autour de laquelle s'étendaient des jardins et un lac artificiel. Après son suicide, l'empereur a été l'objet d'une *damnatio memoriae*, processus visant à effacer toute trace d'une personnalité publique dans la mémoire collective. Son domaine a été transformé par Vespasien et ses successeurs. Ils ont partiellement démoli le palais et les vestiges ont servi de fondations à la construction de thermes. Ils ont comblé le lac et réutilisé le terrain pour l'édification d'un nouvel amphithéâtre qui deviendrait le Colisée. Ensevelie pendant des siècles, la *Domus aurea* a été en partie redécouverte à la Renaissance, puis finalement rendue accessible au public bien plus tard.

Ce qui devait créer la disparition des traces de l'existence de Néron a involontairement permis leur protection. Il reste l'un des empereurs les plus connus de l'histoire de la Rome antique.

*

Je parle du film sur le Rwanda à plusieurs personnes. Je nourris à son égard, et à l'égard de ce qu'il représente, des sentiments contrastés. Je suis déroutée par l'étrangeté des cadrages, des transitions, j'ai l'impression que rien n'est abouti, que le message est amené de manière grossière. Je ne sais pas si ces ressentis s'expliquent par ma méconnaissance des codes cinématographiques de l'époque, par une rancœur que je nourrirais envers la méthode, influencée par celle de mes parents, ou si le film est tout simplement raté. Je penche pour la dernière option.

Ce court métrage me met mal à l'aise, à cause de l'image forcément biaisée qu'il donne de mes parents, de la preuve irréfutable qu'il constitue qu'ils ont bien participé à ce système oppressif. Il me fascine aussi, parce qu'il m'offre une plongée inédite dans cette partie de ma vie, la possibilité d'y assister en tant qu'adulte. Il me donne accès au regard d'une personne extérieure sur ma famille, un regard sans concession, jugeant. Ce regard que je n'arrive visiblement pas à adopter moi-même. Il me frustre, parce que je voudrais voir les autres images, celles où mon père n'est pas un patron blanc qui renvoie ses employés noirs, celles où ma mère est heureuse et où ses paroles ne sont pas influencées et choisies par un homme qui se croit plus intelligent qu'elle. Je veux voir toutes les autres images, même celles qui n'existent pas. Parce que c'est ma vie, que je l'ai oubliée. Parce que je refuse que la réalité soit si décevante.

Comme mes sœurs – elles l'ont mentionné à plusieurs reprises –, je ressens le besoin de protéger mes parents. Nous avons grandi avec cette préoccupation, dont la raison profonde m'échappe, de manière plus ou moins marquée chez chacune. Elle est motivée par l'amour et le respect que nous nous portons mutuellement dans la famille, mais démontre aussi une difficulté à se positionner, une tendance à projeter sur les autres des émotions et des attentes qui ne leur appartiennent pas, à redouter le conflit. Mon psy a comparé un jour notre éducation marquée de pudeur, de discrétion, d'attention aux autres, avec celle d'une famille baignant dans la religion. Je comprends l'analogie. Aucun de mes parents n'est croyant, mon père est même farouchement opposé à toute forme de dogme ou de culte, dégoûté par son passé de catéchumène et de communiant. Mais que ce soit le catholicisme du côté de mon père – sa mère venait d'une famille très pratiquante –, ou le protestantisme du côté de ma mère – vécu d'une manière plus silencieuse, davantage ancré dans la culture de leur région d'origine –, la religion a laissé des traces.

En y réfléchissant, j'y vois aussi une explication au désir de mon père de s'engager en Afrique, comme une prolongation de cette tendance à agir pour les autres qui le caractérise. De cette grande générosité dont il a toujours fait preuve, mettant son énergie et ses compétences à disposition de quiconque en a besoin, à commencer par ses filles.

À mon projet, je braque la lumière sur des aspects de la vie et de la personnalité de mes parents qui ne sont pas ceux qu'ils préfèrent retenir. Comme les réalisateurs du film sur le Rwanda, j'ai le pouvoir de manipuler l'image que je donne de ma mère et de mon père. En quoi mon travail est-il différent de celui des cinéastes ? Est-ce que je ne fais que prolonger la traîtrise ?

Je tente de lutter contre l'inclination pour la censure que ces questions et ces sentiments m'inspirent. Il est pourtant primordial pour moi d'être respectueuse, de ne blesser personne. Je ne supporte pas l'idée que mes parents ou mes sœurs soient fâchées contre moi. Mais il n'est pas question non plus de sacrifier la sincérité, le positionnement, le sens.

*

Il neige pour la première fois de l'année. Le mois de novembre est bientôt terminé.

Chaque semaine, je vais me baigner dans le lac avec un groupe de voisines et de voisins. La température de l'eau est descendue à sept degrés. Les lumières oscillent entre l'argent et l'ivoire, le miel et le bleu givré.

*

J'envoie à mes parents le lien pour visionner le film. J'en parle avec ma mère au téléphone. Elle me dit n'avoir aucun souvenir des visites spontanées des gens du village. Elle n'a en revanche pas oublié le séjour des réalisateurs, avec qui mon père et elle s'étaient bien entendus. Ils étaient très contents d'être là, me dit-elle avec colère, très contents de manger nos yoghourts maison parce qu'ils avaient mal au ventre.

Revoir ce film l'a plongée dans l'humiliation ressentie au moment de la projection publique. Je n'étais pas naïve, poursuit-elle, j'étais jeune et un peu perdue. La naïveté dont j'ai fait preuve, c'était envers eux, je leur ai fait confiance et je n'aurais pas dû. Je déteste cette image réductrice qu'ils donnent de moi.

J'ai eu tellement d'autres interactions, tellement d'autres liens que ceux décrits dans cette vidéo. Ces hommes étaient juste misogynes et condescendants.

Elle marque une pause et ajoute : tu es vraiment obligée de retranscrire cette interview dans ton livre ?

Elle se souvient de la solitude de cette période, de cette ambiance pesante due à la météo, à l'isolement. Un terreau propice au surgissement d'une tristesse qu'elle traînait depuis longtemps. Elle me raconte que quelques jours avant le tournage de l'interview, elle a fait une fausse couche, seule dans cette maison au milieu des collines. Qu'elle a dû se rendre dans une clinique de brousse où elle ne s'est pas sentie en sécurité.

J'ai une vision, le sang rouge et noir qui coule sur la terre sèche de la cour et qui s'insinue entre les centaines d'espèces végétales de la forêt, les mugenge, cigohwa, mutudu, mulehe, mparhi, baoba, assombrissant les verts et les gris, et finissant dans le lac, l'épaississant jusque dans ses profondeurs. Puis j'ai honte de cette image, parce que je me souviens que sur cette même terre, sept ans plus tard, aurait lieu un génocide. Que la plupart des gens que mes parents ont côtoyés là-bas mourraient, tueraient, ou les deux.

# HIVER

# 1

Dans le froid, la vieille ferme que j'ai découverte en été, entourée de sapins, semble ratatinée. Le banc sur lequel je me suis assise en automne pour écrire a disparu sous la neige. L'ami chez qui je séjourne, Cédric, est devenu mon amoureux, sans que je sache comment je veux que cette relation évolue.

À la sortie du bus, le vent nous fouette par le côté, projetant les flocons qui glacent nos joues.

Il fait un degré à l'intérieur de la maison à notre arrivée. Il n'y a pas d'électricité et cette fois, pas d'eau non plus, parce que le système qui permet de l'acheminer d'ordinaire depuis la citerne ne fonctionne plus. Nous nous penchons par la fenêtre pour remplir de grandes casseroles avec de la neige que nous laissons fondre sur le poêle. Avant de la boire, nous la faisons bouillir sur la cuisinière à gaz.

Nous marchons dans la forêt. Malgré nos raquettes, nous nous enfonçons parfois jusqu'aux genoux. Le sentier est indiscernable. Ployés par le poids de la neige, les branches des petits arbres forment des arches qui semblent révéler un chemin. Nous les suivons, en prenant soin de ne pas les effleurer pour ne pas déclencher de minuscules avalanches qui se déverseraient dans nos cous.

En regardant la neige tomber, je pense à Ocean Vuong, *Maman. Tu m'as dit un jour que la mémoire est un choix. Mais si tu étais Dieu, tu saurais que c'est un déluge.* Je me demande ce que je dirais, moi, à mes parents, si je leur parlais de ce qu'ils m'ont transmis. Je ne sais pas quel déluge je vais déterrer ou déclencher.

Maman, papa, parfois j'ai l'impression que la mémoire est une forêt ensevelie sous la neige. Le seul lieu où il est possible d'entendre pour de vrai le silence.

Nous pelletons la neige pour dégager un chemin nous permettant de rejoindre les toilettes qui se trouvent dans une petite cabane de l'autre côté du jardin. Nous poursuivons jusqu'au sauna, installé à côté de la maison, sur une terrasse. Cédric l'a construit avec un ami. Il est en bois, de la forme d'un tonneau. Nous préparons du thé, enlevons nos vêtements, les laissons à l'intérieur. Nous emportons une grande casserole remplie d'eau tiède pour nous laver et parcourons notre tranchée de neige dont les parois atteignent la hauteur de mes hanches. À l'intérieur du sauna, il fait 60 degrés et la température montera encore, pour atteindre 90 degrés. Entre deux sessions, nous sortons et nous nous jetons dans la neige, frottons nos corps avec la poudre glacée.

La dernière fois, je sors seule, la nuit tombe, les nuages se sont dispersés et je distingue la lune. Je reste longtemps, debout nue dans la neige, je n'ai aucune envie de rentrer. Je pense au nouveau projet de roman d'une amie, qui va raconter la vie d'une femme, dernière survivante sur la terre. Je me dis que cette amie a de la chance, d'écrire un texte tel que celui-là, que j'ai hâte d'écrire à nouveau de la fiction. Et que je souhaiterais être cette femme-là, juste un instant.

*

*Coucou Nirina, j'ai de nouveau beaucoup trop tardé à te répondre. Merci pour ton récit de la piscine ! Vous y allez souvent ? B. adore l'eau. En été on se baigne tous les jours dans le lac.*

*Je me souviens bien de cet épisode avec Claudine. Heureusement qu'elle était là. Je lui transmettrai avec plaisir tes salutations.*

*Est-ce que tu vas bien ?*

*Ici ça va. L'hiver est arrivé. Il fait froid mais c'est beau. Il a déjà beaucoup neigé à La Chaux-de-Fonds.*

*Voici quelques photos de B. et de son cousin, le fils de Juliette. Ils s'adorent.*

*Je t'embrasse très fort.*

*

En fait, je ne sais rien du travail qu'effectuait mon père à Fianarantsoa. Je sais que ça a un lien avec la pratique répandue à Madagascar de la culture sur brûlis (mettre le feu aux forêts pour planter du riz sur les parcelles calcinées) qui a des effets désastreux sur l'environnement. Je me souviens des vastes étendues de terres noircies, de troncs fantomatiques qui semblent se consumer à l'infini. Je me souviens des lavakas, ces profondes excavations dans les montagnes qui s'écroulent sous l'effet de l'érosion. Ces trous géants caractéristiques des paysages malgaches, en particulier sur les hauts plateaux, et témoins de leur fragilité.

Lorsque les gens me posent la question, je réponds que mon père enseignait les métiers de la forêt. Mais je ne parviens pas à me souvenir des détails, son lieu de travail, ses collègues, ses horaires, ce qu'il effectuait concrètement, chaque jour.

Est-ce que tous les enfants ont cette vision réduite de la vie de leurs parents ? Parfois, j'ai envie que mon fils puisse me connaître pour de vrai et, en même temps, je me dis qu'il n'y a personne qui me connaît mieux que lui.

Je n'ai pas une vision précise de la vie de ma mère non plus. Elle s'occupait de nous, de Chloé en particulier qui n'allait pas à l'école. Elle enseignait également, deux fois par semaine, dans un collège de la ville tenu par des sœurs. Un jour elle a participé à une fête et a été remerciée pour son travail lors d'une cérémonie. Elle a reçu une poule en cadeau, on la lui a posée dans les bras devant les centaines d'élèves rassemblés dans la cour. Elle ne savait pas comment la porter.

En visite chez mes parents, j'interroge mon père. Il donnait effectivement des cours, dans un centre de formation proche de Fianarantsoa. Son métier a pris des formes variées au long de sa carrière, entre son activité de bûcheron indépendant, les jours qu'il passait à déblayer la neige des toits de la ville, quand l'hiver l'obligeait à trouver d'autres sources de revenus, la gestion d'une scierie au Rwanda, l'enseignement à Madagascar. À son retour à La Chaux-de-Fonds, il a obtenu un poste de garde forestier, il était responsable d'une partie des forêts du canton de Neuchâtel. Et au Sénégal, que faisait-il ?

Je pourrais lui poser beaucoup plus de questions. Je le fais au compte-goutte, comme si j'avais peur qu'il me raconte trop de choses, qu'il me dise des mots que je ne veux pas entendre. Peut-être que moins j'en sais, plus je peux lui accorder le bénéfice du doute, ne pas lui faire porter la responsabilité de ses choix. J'ai besoin d'avancer à mon rythme, de ne pas me laisser influencer par ses ressentis et par ceux de ma mère.

Il a ressorti d'un tiroir le carnet qui leur servait de livre d'or au Rwanda, parce qu'il voulait lire ce qu'y avaient écrit les réalisateurs du film que j'ai visionné. Je lui demande si je peux le voir, je l'ai déjà eu entre les mains, mais j'ai oublié ce qu'il contient. Mon père rit, dit qu'il ne sait pas si c'est une bonne idée que je mette le nez là-dedans, puis il va le chercher. C'est un petit cahier aux pages bleues, à moitié rempli. Ma mère y raconte des épisodes de notre quotidien, les vacances surtout, les séjours aux Seychelles, les voyages en voiture au Kenya, les innombrables pannes, les enfants soldats qui nous arrêtaient sur la route, les nuits sous tente dans la savane, le vol des flamants roses, mes paroles et mes découvertes. Il regroupe surtout des petits mots de visiteuses et visiteurs, et les notes griffonnées par les réalisateurs. Ces dernières sont courtes et peu intéressantes. Une en particulier est non seulement presque illisible mais aussi difficile à comprendre, une tournure de phrase compliquée pour ne pas exprimer grand-chose.

Je ne lis pas le reste du carnet, je n'en ai pas envie. Je me dis que je devrais peut-être l'emporter chez moi, mais je le laisse là.

## 2

Quelques jours plus tard, je rencontre enfin le réalisateur que j'ai contacté. Comme il n'est pas vacciné contre le covid, nous ne pouvons pas aller dans un café et il fait trop froid pour nous voir dehors. Il vient chez moi. Il m'a amené des chocolats à l'orange, je lui prépare un café. Nous parlons pendant deux heures. Je ressors de cette rencontre avec le sentiment qu'il a réalisé ce film par hasard, que ce n'était pas vraiment son projet et qu'il garde peu de souvenirs du tournage. Il m'explique que le film a été en partie financé par la DDC mais que ce n'était pas une commande de leur part. Après sa sortie, certaines personnes engagées par la DDC – notamment celui qui deviendrait responsable du bureau de Kigali, qui apparaît à plusieurs reprises dans le film – ont œuvré, avec succès, pour qu'il soit censuré, invoquant la mauvaise image qu'il donnait de la coopération internationale.

Le réalisateur a étudié les beaux-arts et pratiquait à ce moment-là un cinéma plutôt expérimental. Son collègue et co-réalisateur était fils de missionnaire, né au Mozambique où il a vécu jusqu'à ses 15 ans. Il était formateur pour la DDC, animait les stages de préparation des coopérantes et coopérants qui avaient lieu au Tessin, à Bignasco. L'impulsion de ce projet venait de lui. Selon son collègue, il y avait quelque chose d'existentiel dans cette envie de poser un regard critique sur ce monde-là. C'était l'impossibilité de la rencontre des cultures qu'il voulait mettre en lumière, sujet qu'il essayait déjà d'aborder dans ses formations.

Mes parents n'ont pas participé à ce stage au Tessin. D'après ma mère, ils n'avaient pas envie de le faire et avaient trouvé un moyen d'y échapper, elle a oublié comment. Mon amie Tamara, dont le père a aussi travaillé pour la DDC à Madagascar m'a parlé de Bignasco. Elle m'a raconté que ces formations servaient aussi à déterminer si les familles étaient prêtes pour un tel voyage, si elles n'imploseraient pas durant la mission. Sa mère était opposée à leur départ et à l'issue du stage, il a été recommandé qu'elle ne parte pas. Mais le père de Tamara n'a rien voulu entendre et toute la famille a vécu plusieurs années en Afrique. Sa mère, comme la mienne, a fait une fausse couche lors de son séjour.

Le choix du Rwanda pour le film s'est fait un peu par hasard. Les réalisateurs y sont restés trois mois. Ils ont le même âge que mes parents. Le réalisateur me parle des qualités humanistes de ma mère et de mon père, de leur gentillesse et leur naïveté. Il insiste sur ce mot, l'utilisant en particulier pour parler de ma mère, relevant chez elle une *belle naïveté touchante*, la décrivant comme très ouverte, plus que la plupart des femmes de coopérants. Je lui dis que mes parents gardent une impression très positive de leurs années africaines. Il me répond, c'est bien. Puis j'ajoute qu'ils ont par contre mal vécu le visionnement de son film, qu'ils se sont sentis trahis. Il hoche la tête puis dit, on savait que c'était un peu limite, ce qu'on faisait subir aux gens.

Puis nous abordons le génocide. Il dit que personne n'en parlait à ce moment-là, mais que rétrospectivement, certaines images tournées – notamment celles des bûcherons dans la forêt avec leurs machettes – résonnent douloureusement, que le rôle de la Suisse dans ce drame, même s'il n'est pas aussi catastrophique que celui de la France ou de la Belgique, est loin d'être glorieux.

Après son départ, je fais quelques recherches à ce sujet. Entre les conseillers du président rwandais, envoyés et payés par la Confédération, le soutien total aux Hutus, le financement des radios devenues des voies de propagande raciste, les projets de développement qui se poursuivaient en pleine tourmente, dans l'aveuglement total de ce qui se passait, et la protection de personnes accusées de génocide, le bilan est honteux, monstrueux.

Dans un article paru dans *Le Temps* en 2020, le journaliste Alain Campiotti conclut ainsi : « Quand tout s'est effondré, quelques massacreurs, dont Félicien Kabuga, ont pensé que notre pays était pour eux un refuge sûr. Au Rwanda, il ne restait presque rien de tout ce que la Suisse avait tenté de construire. Une délégation est allée mesurer l'ampleur du désastre. L'ambassadeur Hans Peter Erismann la conduisait. Devant les caméras, il n'a fait que ce commentaire : “La Suisse a pris quelques gifles...” Pas grave. L'autre petit pays enclavé, lui, était couvert de sang et de ténèbres. »

Avant de partir, le réalisateur tient à souligner que pour lui, le plus important actuellement dans nos sociétés n'est pas la recherche de l'égalité, que le problème n'est pas là. J'ai l'impression qu'on essaie de noyer les différences, dit-il. Mais ce n'est pas une bonne idée, la valeur que j'ai envie de garder, c'est la liberté et pas l'égalité. Je le vois avec la vaccination, ce que ça fait de la refuser. Pour faire un peu de polémique féministe, je suis ahuri de ne jamais voir une politicienne dire « si je suis élue, je veux l'égalité salariale ». La liberté inclut l'acceptation des différences, ajoute-t-il, l'égalité un peu moins.

Il me donne le numéro de son co-réalisateur, m'encourage à prendre contact avec ce dernier et me demande d'être tenu au courant de l'évolution de mon projet.

Il revient un instant sur sa visite chez mes parents au Rwanda : j'aimais bien aller m'asseoir dans le jardin pour me raser, il y avait toujours plein de monde, parmi les différents extraits, il y a un petit film très beau sur des enfants, on suit une petite fille et on voit tout ce qui se passe dans son regard.

Il ajoute encore : lorsque j'ai montré le film aux Beaux-Arts, ils l'ont rejeté, les réactions des gens, c'était : un Blanc n'a rien à filmer des Noirs.

Il a trouvé ça exagéré.

Je ferme la porte derrière lui, met les tasses dans le lave-vaisselle, rince la cafetière et la pose sur l'égouttoir.

# 3

La conversation avec le réalisateur me poursuit pendant des jours. Je ressasse ses propos et marmonne en silence toutes les choses que j'aurais dû lui rétorquer. Comment je peux prétendre écrire un livre tel que celui-ci si je ne suis pas capable de prendre position lorsque c'est le moment de le faire ?

Il est facile pour lui de « choisir » la liberté plutôt que l'égalité. Cette dernière n'a rien à lui apporter, il bénéficie de tous les avantages que sa position dominante d'homme cisgenre, hétérosexuel et blanc lui confère. Et que sait-il de la liberté ? Brandir ce mot dans ce contexte me paraît particulièrement maladroit. Pourquoi m'informe-t-il de son positionnement antivaccin ? Je ne lui ai rien demandé et c'est hors de propos. De quel droit m'expose-t-il sans ciller ce que les « élues féministes » sont censées privilégier dans leur campagne politique, insinuant qu'il serait plus apte qu'elles à mener leur combat ? On ne sait rien de ce qui se passe dans le regard de cette petite fille qu'il a filmée, ni lui, ni moi, ni personne. Quelle prétention d'affirmer le contraire. Pourquoi est-il si difficile pour lui de considérer un instant que les « gens des Beaux-Arts » peuvent avoir raison, que les Blancs n'ont rien à filmer les Noirs ? Que les Blanches n'ont rien à écrire les Noires ? Que par-dessus tout, il est important de se remettre en question.

Ma mère a raison : misogyne et condescendant.

Je lis *De quelle couleur sont les Blancs ?* (un ouvrage collectif dirigé par Sylvie Laurent et Thierry Leclère). Je recopie ce passage dans mon carnet :

*La dernière solution consiste à être autant que possible aux côtés des discriminés, des sans-papiers, des filles voilées exclues de l'école, des émeutiers emprisonnés, de toutes celles et ceux qui luttent contre l'impunité policière – à être en somme partout où des non-Blancs se réunissent pour combattre la domination blanche. Cette option, la meilleure à mes yeux, consiste à être non plus un Blanc honteux ou un Blanc complexé, comme peuvent le dire des adversaires malveillants, mais un traître blanc. Il ne s'agit pas de se détester mais de détester son privilège et le système social qui le fonde. [...] Le passage à l'ennemi est certes critiquable moralement lorsqu'on est issu de la classe dominée et qu'on choisit de collaborer avec la classe dominante, mais c'est un acte moral – le seul acte moral possible – lorsqu'on est issu de la classe dominante et qu'on ne veut vivre ni dans le mensonge, ni dans le cynisme, ni dans l'impuissance et la mauvaise conscience. Une telle conclusion laisse bien sûr en suspens une question énorme : celle des modalités concrètes de la traîtrise. De nombreux problèmes pratiques se posent, comme celui de la place des Blancs dans la lutte d'auto-émancipation des non-Blancs. Cette place est tout aussi problématique que celle des hommes dans le mouvement féministe, celle des hétéros dans le mouvement homosexuel ou celle des bourgeois dans le mouvement ouvrier, et si un soutien et des actions en commun peuvent être nécessaires, des moments de non-mixité le sont tout autant. Une série d'écueils menacent sans cesse : confondre soutien et leadership, confondre identification partielle et identification totale, se croire arabe, noir, musulman, sans papiers ou émeutier quand on ne l'est pas soi-même et qu'on ne subit pas soi-même les discriminations qui vont avec. [...]*

*Bref, une fois prononcés les grands mots – traîtrise, passage à l'ennemi, lutte politique pour la destruction de la domination blanche –, tout reste à dire, à faire, à construire. [...] Cette option pose en somme sur le plan pratique une foule de questions auxquelles je n'ai pas de réponse, mais il y a une joie dans la lutte, et parmi toutes les manières de vivre sa condition blanche, c'est celle-là que je choisis, par élimination, parce que toutes les autres me dégoûtent.*

Pierre Tevanian

*

Pendant les vacances, je rejoins Cédric dans le sud de la France. Nous marchons autour du lac de Salagou, dans le département de l'Hérault. La terre qui entoure ce lac artificiel est rouge brique, comme celle de Madagascar. Pas pour les mêmes raisons apparemment, la première étant constituée d'argilite, une combinaison de sédiments argileux et d'oxydes de fer, alors que la couleur de la seconde s'explique par la présence de latérite dans le sol.

Nous nageons de longues minutes dans cette eau moins froide que celle des lacs suisses. À notre sortie, la plante de nos pieds mouillés se teinte de rouille.

Après mes études, je suis retournée à Madagascar. J'ai effectué le voyage avec mon amoureux et deux amies pendant les vacances d'été. À notre arrivée en pleine nuit, les odeurs étaient éteintes, Antananarivo m'a semblé froide et hostile. On ne cessait de nous mettre en garde contre la dangerosité des rues de la capitale après le coucher du soleil. Le gérant de l'hôtel était un Français luisant qui régnait sur son domaine avec bruit et vulgarité.

En plein jour, la ville respirait. Je ne la reconnaissais pas, je l'avais peu visitée lorsque je vivais dans le pays. Elle était à la fois mystérieuse et parfaitement familière. Je retrouvais mon enfance dans les détails, les pieds nus chaussés de sandales en plastique aux semelles usées, les sourires qui m'étaient adressé partout, les regards curieux, les corps trop proches du mien dans la file d'attente au guichet de la banque, les vêtements, les chapeaux, les démarches, les silhouettes, le rythme des mouvements, le lait condensé sucré, la lumière orange des fins de journée. J'avais envie de dire à tout le monde, moi aussi j'ai vécu ici, mais je n'étais qu'une vazaha, une Blanche, parmi d'autres.

Que s'est-il passé quand j'ai retrouvé Nirina, quels ont été nos mots, nos gestes ? Son mari est venu nous chercher en voiture à notre hôtel. Nous avons roulé plus de trente minutes à travers la ville qui semblait sans fin. Le quartier où on s'est arrêtés était constitué de toutes petites maisons identiques, carrées, basses, le toit plat, prolongées par un espace extérieur en terre ou en béton, abritant souvent un fatapera fumant. Je suis descendue de la voiture, l'odeur de charbon m'a explosé dans le cœur. Nirina, ses deux enfants et leur employée nous attendaient, debout dans la cour. À l'intérieur, le repas était prêt, la table était dressée dans la pièce à vivre, qui bordait l'unique chambre. Les matelas y étaient alignés côte à côte, formant un seul grand lit. Je me suis demandé où dormait *la bonne,* Nirina nous ayant expliqué qu'elle vivait là. Nous avons mangé un romazava, plat traditionnel malgache, de la viande de zébu bouillie avec des brèdes. Nirina était joyeuse, j'étais touchée d'être ainsi accueillie, de découvrir un morceau de son univers. Je ne savais pas comment lui parler du mien.

Nirina a évoqué la maison qu'elle et son mari souhaitaient faire construire, plus grande, dans laquelle les enfants et les parents pourraient avoir des chambres séparées et bénéficier ainsi d'un peu d'intimité. Après notre retour, nous lui avons fait transférer de l'argent, quelques centaines de francs.

Nous avions amené des cadeaux, du chocolat, des couteaux suisses, des crayons et des jouets pour les enfants. La fille de Nirina a choisi deux colliers et m'en a offert un autre en échange.

*

Photo.

Nirina, son mari, mon amoureux, mes amies, les bras des unes sur les épaules ou les hanches des autres. Au premier rang, les enfants et moi, la petite fille me tient la main. Nous sourions. Qui a pris la photo ?

*

À Fianarantsoa, j'ai retrouvé facilement la grande maison blanche et lorsque j'ai franchi le portail et avancé dans la cour, Aro était là, il balayait. Il m'a aperçue et s'est approché de moi avec un grand sourire, en prononçant mon prénom. J'étais de retour chez moi. Aro m'a fait visiter les lieux, occupés par des bureaux depuis plusieurs années, ce qui m'a rendu triste. Nous avons échangé nos numéros de téléphone. Il m'a invitée chez lui, dans la maison qu'il faisait construire grâce notamment à l'argent envoyé régulièrement par mes parents. Elle n'était pas terminée et, vue de l'extérieur, semblait rafistolée et branlante. Elle comportait trois étages très bas, seul celui du haut était à peu près habitable, la façade de brique des deux niveaux inférieurs était incomplète. Une sorte de balcon sans barrière faisait le tour de chacun des étages, des piliers penchés le soutenaient. J'étais malade ce jour-là (j'avais passé la plus grande partie de mon séjour à Fianarantsoa à frissonner dans le lit trop dur de notre chambre d'hôtel, mais je n'avais pas voulu refuser cette invitation), il faisait froid dans l'ombre de l'intérieur, les fenêtres n'avaient pas de vitres.

La famille élargie s'était rassemblée chez Aro pour nous voir. On nous a offert des limonades et des biscuits. Je ne sais plus combien de temps on est restés, ni ce dont on a parlé. On a évoqué le métier de médecin de mon compagnon, le fait que la fille d'Aro voulait suivre la même voie mais que les études coûtaient trop cher. Aro nous a demandé de les aider.

Il n'y avait pas de toilettes chez Aro. Ne pouvant plus me retenir, j'ai finalement demandé où je pouvais aller. Il m'a emmenée, très gêné, dans une petite cabane en bois au fond du jardin. En entrant, j'ai réalisé qu'elle leur servait de salle de bains, elle était vide, hormis un seau d'eau posé sur le sol constitué de planches brutes. Je n'ai jamais compris si c'était là que toute la famille faisait ses besoins ou si c'était un privilège qui m'était réservé. Uriner sur ces lattes m'a semblé aussi déplacé que pisser au milieu de leur salon.

*

Photo.

Aro, sa famille et moi sur le balcon incomplet. Nous sourions. Photo prise par mon amoureux.

*

Le lendemain, on était invité chez Jean-Paul, Aro l'avait prévenu de notre présence. Il vivait avec sa famille dans une seule pièce.

*

Photo.

Jean-Paul et onze autres personnes dont j'ignore l'identité posent pour moi, regroupées dans ce minuscule espace pour nous rencontrer, le regard tourné vers l'objectif.

*

La fête nationale malgache a lieu le 26 juin, le jour de mon anniversaire. Elle célèbre l'indépendance de l'île, acquise face à la France en 1960 (l'année de naissance de ma mère), deux ans après la proclamation de la République démocratique. Nous sortions le soir dans la rue avec des lampions, bien emmitouflées pour résister à l'humidité de la saison froide. Enfant, je ressentais de la fierté à partager cette date festive avec Madagascar et je continue d'y voir un signe, un lien avec ce pays.

*

À Sète, Cédric et moi visitons la chapelle Notre-Dame de la Salette, perchée sur une colline. Depuis quelque temps, entrer dans une église déclenche en moi un sentiment singulier. J'en ai marre d'oublier. Je n'ai pas envie d'oublier que je suis venue ici, dans ce tout petit lieu sombre, un jour de grisaille, avec Cédric qui porte une galette des rois achetée au marché. L'odeur de cire chaude et les mèches de bougie. Les flammes qui réchauffent l'espace. Les murs couverts de dessins étranges, je n'ai jamais vu les scènes de la Bible représentées ainsi, les personnages comme des marionnettes désarticulées (à chaque fois que j'observe une représentation du Christ, les mains et les pieds cloués sur la croix, sans expression sur le visage, je me dis qu'une civilisation dont la culture est basée sur ce genre d'images ne peut que perpétuer la violence à l'infini). C'est absurde, je ne suis pas croyante, il n'y a aucune raison que je m'accroche à la mémoire de ce lieu en particulier, mais le sentiment est frappant, je voudrais me souvenir de toutes les églises que j'ai visitées, dans tous les pays où je suis passée, le jour et l'heure précise où j'ai pénétré le sein des vieilles pierres et ressenti le silence. Le poids.

## 4

Nous sommes fin janvier. Le brouillard s'obstine. L'eau du lac fait 5 degrés, il est difficile de trouver la motivation de s'y baigner mais je persévère, en grande partie grâce à l'énergie du groupe qui le fait avec moi. En février, je vais devoir déployer cette énergie toute seule, dans un autre lac. J'ai été invitée à effectuer une résidence dans un hôtel à Lucerne, je vais y passer trois semaines. La perspective d'avoir tout ce temps à disposition pour écrire, dans un cadre confortable et inconnu, me réjouit beaucoup. Mais dans des conditions si luxueuses, je redoute de perdre définitivement toute légitimité à raconter.

*

La nuit en hiver est différente. Insondable, envahissante, porteuse de petits fantômes. Ils ricanent ou se contentent de s'installer là. Ils pèsent un peu. Peut-être parce que les gens s'efforcent de continuer à vivre dans cette nuit, comme si elle n'existait pas, ils parlent, marchent, travaillent, prennent le train, mangent, boivent, rient, pleurent, courent, rentrent à la maison, vont chercher leurs enfants, les tiennent par la main, vont au fitness, à la piscine, au yoga. Mais regardent dans les maisons illuminées comment vivent les autres, écrasent les feuilles mortes éclairées par les lampadaires, ne voient pas la lune à cause des lampadaires, portent le poids des petits fantômes. Et font comme s'ils n'existaient pas.

*

*Coucou Fanny,*

*Je te souhaite à toi et à ta famille une très bonne et heureuse année avec un peu de retard. Je vous embrasse très fort.*

*Nirina*

*

L'été de mes douze ans, Nirina vient passer plusieurs semaines chez nous durant les vacances. Mes parents ont payé ses billets d'avion. Je l'ai attendue avec impatience, m'imaginant ce qu'elle aimerait, ce que je pourrais lui faire découvrir, toutes les heures que nous pourrions passer ensemble. Nous allons la chercher à l'aéroport en voiture. Pendant le trajet qui nous ramène à la maison, elle regarde dehors, silencieuse, et demande, déconcertée : ils sont où, les gens ?

Je trouve sa question touchante et amusante. Mais elle constitue peut-être la première incompréhension, la première déception d'une longue liste qui va marquer pour moi son séjour. Je sais qu'à Madagascar, les routes sont davantage occupées par des marcheuses et marcheurs que par des voitures, je mesure combien la découverte d'une autoroute suisse doit être étonnante pour mon amie, mais plus que jamais dans notre relation, j'ai le sentiment d'un fossé entre nous, de trop de différences pour que je puisse me sentir proche d'elle pour de vrai. Le plus difficile pour moi est de côtoyer au quotidien (elle dort dans ma chambre et nous avons donc peu de moments l'une sans l'autre) son caractère effacé, cette nonchalance que je ressens alors comme de la mollesse. Elle me suit partout, ne me quitte jamais. J'ai envie qu'elle s'affirme, qu'elle exprime ses envies, qu'elle me contredise. Mais elle ne le fait pas parce que ce n'est pas dans son tempérament et qu'elle est seule dans un contexte inconnu et déstabilisant.

Pour mon anniversaire, je fais un pique-nique au bord du lac avec des amies. Nirina est là et sa présence m'embarrasse, m'encombre.

Un jour à la piscine, elle passe sous la barrière qui délimite le petit bassin de celui plus profond. Elle ne sait pas nager et ne parvient pas à revenir là où elle a pied. Elle coule. Je la vois se débattre et, sans réfléchir, je la rejoins pour l'aider. Mais son corps plus lourd que le mien m'entraîne avec lui vers le fond, elle s'agrippe à moi, paniquée, et je n'ai pas la force de la maintenir à la surface. Je ne sais plus quoi faire, je crie à ma sœur, qui nous regarde depuis le bord, d'appeler quelqu'un mais elle ne bouge pas, pétrifiée. La piscine est bondée, il est impossible que personne ne nous voie, mais personne ne réagit. Ma tante nous aperçoit depuis l'autre côté du bassin, elle court vers nous, plonge et ramène Nirina en lieu sûr.

Un autre jour, je gifle Nirina.
Cet acte reste un de ceux dont j'ai le plus honte.

Annie Ernaux écrit que sa méthode de travail est fondée principalement sur la mémoire et que cette dernière est pour elle matérielle à l'extrême, « ramenant des choses vues, entendues (rôle des phrases souvent isolées, fulgurantes), des gestes, des scènes avec la plus grande précision ». Mais pour qu'elle puisse écrire, les images doivent être « hallucinées », « rabâchées ». « Il me faut la sensation (ou le souvenir de la sensation), dit-elle, il me faut ce moment où la sensation arrive, dépourvue de tout, nue. Seulement après, trouver les mots. Cela veut dire que la sensation est critère d'écriture, critère de vérité ».

Je trouve fascinant qu'elle puisse attribuer ce pouvoir de vérité à des souvenirs, et plus particulièrement encore, à des sensations. J'ai du mal à faire confiance à ma mémoire. Si je dois parler de vérité, de réalité, je m'accroche bien plus volontiers à ce que je considère comme faisant partie du présent. Le présent le plus présent possible, les ondulations sur le lac que j'observe à l'instant, qui deviennent plus grises à mesure que le temps change, que le ciel se couvre. Un homme assis sur un banc les jambes croisées. Les canards qui depuis là où je me trouve ne sont que des taches noires. La faim qui commence à envahir mon ventre, et le besoin de faire une pause dans mon travail d'écriture qui grandit.

Et pourtant, je ne peux pas nier à quel point évoquer l'épisode de la gifle et le sentiment de honte qui l'accompagne me donnent l'impression de dire la vérité.

Aurais-je honte aussi si j'avais giflé une amie blanche ?

Que dois-je faire de cette question ? Est-elle pertinente ? La formuler me coûte. Elle touche le cœur de ce projet, son centre complexe et brûlant.

Oui, j'aurais honte également. J'aurais d'ailleurs pu perdre patience avec n'importe laquelle de mes amies suisses dans une situation identique. Mais c'est avec Nirina que c'est arrivé.

*

*Salut Nirina,*

*Comment vas-tu ?*

*Comment va ta famille ?*

*Je voulais te demander quelque chose. Dans le message où tu me racontes tes souvenirs avec moi, tu me demandes de ne pas donner de détails sur le moment où on s'est fâchées et où je t'ai donné une gifle. Déjà pour commencer, j'aimerais encore te demander pardon, je suis vraiment désolée, c'était inadéquat et violent.*

*Ensuite, j'ai deux questions, est-ce que tu serais d'accord de me raconter ce qui s'est passé ? Je ne me souviens vraiment plus de ce qui avait posé problème. Et pourquoi ne souhaites-tu pas que j'évoque ça dans mon livre ? J'essaie de tout aborder, les bonnes choses comme les moins bonnes et cet épisode me semble important, même si j'en ai honte. Serais-tu d'accord que j'en parle ?*

*Et encore une chose. Souhaites-tu que je change ton prénom dans mon livre ou es-tu d'accord que j'utilise le vrai ?*

*Je te remercie d'avance pour tes réponses et je t'embrasse fort.*

*Oh, pardon, une dernière question. Je ne suis pas encore sûre que je vais faire ça mais j'aimerais intégrer nos échanges de messages dans mon livre. Comment tu te sens par rapport à ça ? Si tu veux, je pourrais bien sûr t'envoyer le texte pour que tu puisses le lire.*

*Désolée pour toutes ces questions. J'espère que je ne t'embête pas trop.*

# 5

J'attrape finalement le covid, au moment où je dois partir en résidence. Le directeur de l'hôtel accepte de repousser mon séjour d'une semaine. J'arrive à Lucerne fatiguée et encore légèrement malade, j'ai perdu le goût et l'odorat, ma tête est lourde et brumeuse.

Depuis la gare je longe le bord du lac avec ma grosse valise. Le soleil, les montagnes grises et blanches, les bateaux, tout est beau et trop parfait. Ça me convient, je suis ailleurs et c'est ce que je voulais. L'hôtel Beau Séjour est un vieux bâtiment rénové avec goût. J'ai l'impression d'être une voyageuse du début du vingtième siècle, la fille d'une famille noble qui s'est enfuie.

Je prends possession de ma chambre, grande et lumineuse. Elle se trouve au dernier étage, ouvre sur un balcon qui surplombe une route bruyante et le lac, juste derrière. Je défais ma valise, suspends mes habits dans la penderie, pousse les fauteuils plus près de la fenêtre, range mes paires de chaussures vers la porte, organise un petit coin avec quelques réserves de nourriture pour mes pique-niques. Il y a des miroirs partout. Je m'observe. J'ai perdu du poids à cause du covid et je trouve mon corps différent, dans cet environnement. Après des semaines d'hiver et de quarantaines, j'ai soudain le droit de le faire exister autrement. Je ne sais pas encore comment.

Je dors nue dans mon grand lit blanc. Le matin, je descends les trois étages, les vieilles marches en bois craquent. Je mange un bol de granola fait maison dans la *Ballsaal*. J'ai le choix entre plusieurs places de travail, toutes avec vue sur le lac. Je commande du thé, on me le sert dans des théières blanches et des tasses fleuries posées sur une soucoupe. Je ne croise pas grand monde, mises à part les employées dont j'essaie de retenir les prénoms.

Les premiers jours sont ensoleillés. Je vais marcher dans la campagne, il est facile de sortir de la ville et d'explorer la nature environnante. Je trouve un accès au lac tout près de mon hôtel et je me baigne. Le soir, je mange au restaurant, seule, j'ai reçu de l'argent pour pouvoir le faire et il n'est pas possible de manger à l'hôtel. Parfois je grignote quelque chose dans ma chambre. Puis il se met à pleuvoir, les montagnes disparaissent dans les nuages et surgissent au gré des accalmies.

*

Les peupliers d'Italie (j'envoie une photo à mon père pour qu'il m'aide à identifier l'espèce) qui bordent le lac et que je vois depuis ma place de travail se balancent dans le vent, comme de grands pinceaux qui balaient les nuages. Les vaguelettes brillent et s'enroulent d'une montagne à l'autre.

À Madagascar, c'est la saison des cyclones. Après la tempête tropicale Ana en janvier, celle nommée Batsiraï a touché l'île le

5 février, laissant derrière elle plus de 120 morts, 61 000 personnes déplacées, et 112 000 sinistrées. Les médias suisses et français parlent peu de Madagascar, je suis toujours étonnée d'entendre le nom du pays prononcé lorsque j'écoute la radio.

Chloé écrit à mes parents et moi pour nous informer que le Musée d'art et d'histoire de Neuchâtel organise une « journée malgache » dans le cadre de l'exposition sur Henry Brandt, cinéaste et photographe, auteur notamment d'un film intitulé *Madagascar au bout du monde*, datant de 1960. Au programme : la projection du film, des activités pour les enfants, la découverte de spécialités culinaires et des débats entre des hommes suisses travaillant pour le Centre écologique Albert Schweitzer et la Direction du développement et de la coopération. La modération est assurée par Tatiana Eddie Razafindravao, représentante adjointe à la Mission permanente de la République de Madagascar pour l'ONU. Je suis déçue de manquer cet événement et ne pas pouvoir assister à ces discussions qui m'intriguent beaucoup. De quoi vont-ils parler ? Quel genre de public se déplace pour voir ça ? Y a-t-il une communauté malgache à Neuchâtel ? Les personnes de cette communauté sont-elles intéressées par ce genre d'activités ?

Depuis plus de six mois, je donne des cours de français bénévoles dans un centre de formation, de rencontres et d'échanges pour des femmes issues de la migration. J'assure en binôme, un lundi sur deux, le cours A1.1.

J'ai participé aux séances d'accueil pour les nouvelles membres lors desquelles nous devions estimer leur niveau de français et les diriger vers le cours adéquat. Plusieurs femmes venaient d'Érythrée et de Turquie, une était japonaise et la dernière, malgache. Elle vivait en Suisse depuis plus de quinze ans et parlait très bien le français. Mais quand nous lui avons demandé de répondre à des questions par écrit, elle s'est décomposée, a tracé quelques lettres hésitantes avant de s'arrêter et de dire qu'elle n'y arrivait pas, qu'elle était désolée. Elle nous a ensuite expliqué que ce blocage représentait pour elle un grand handicap qui l'empêchait de retrouver du travail dans son domaine, la coiffure. J'essayais d'imaginer la vie qu'elle devait avoir, dans ce pays d'accueil qui, en tant d'années, ne lui avait pas offert la possibilité de se former pour exercer son métier.

La femme qui m'accompagnait pour ces évaluations m'agaçait. Elle demandait à toutes les nouvelles arrivantes si elles étaient vaccinées, ce que je trouvais particulièrement déplacé. Elle m'a expliqué longuement pourquoi il était selon elle important de préciser aux élèves qu'elle donnait ces cours de manière bénévole, qu'elle n'était pas payée pour le faire. Pas pour me vanter, disait-elle, mais pour qu'elles sachent que leur bien-être compte pour nous, qu'elles se sentent considérées et aidées.

Cette fois je n'ai pas cédé à la facilité du silence. Je n'étais pas d'accord avec elle et je le lui ai dit. Mentionner notre statut de bénévoles renforçait pour moi le déséquilibre entre notre position et celle des élèves, rendait ces dernières redevables ou en tout cas bénéficiaires d'une « faveur » qu'elles ne pouvaient proposer en retour. C'était renoncer à faire preuve d'humilité, valeur qui me semblait primordiale dans ce contexte.

Comme tous les enfants blancs et blanches, j'ai grandi en développant un complexe de supériorité civilisationnel, ainsi que le nomme Lilian Thuram. Je suis obligée d'admettre que je n'ai pas pu échapper à cette mythologie construite au fil des siècles par la pensée blanche. J'ai appris à me penser dominante.

Mais mon identité blanche s'est-elle construite en partie en dehors de ces schémas, ou de manière différente que celle des gens ayant toujours vécu en Europe ? Est-ce que je peux avoir une conscience plus aiguë de ma position dominante ? Parce que pendant quelques années de mon enfance, mes compagnons et compagnes de jeu avaient la peau plus foncée que moi ? Parce que j'ai été regardée comme une étrangère ? Parce qu'on touchait mes cheveux dans la rue, me pinçait les joues, me pointait du doigt en riant ? Et surtout, parce que j'ai été concrètement confrontée aux disparités monumentales existant entre mes amies et moi, entre les enfants qui dormaient dans la rue et moi, entre les gens qui travaillaient chez nous et moi ? Je ne pouvais pas les ignorer. Je ne pouvais pas être aveugle aux bénéfices raciaux avec lesquels je vivais, ils étaient partout autour de moi, criants, évidents.

Être blanche signifiait-il pour moi autre chose quand je vivais en Afrique et quand je vivais en Suisse ? Ai-je transformé cette conscience en quelque chose de positif et d'utile ou en ai-je simplement profité sans la remettre en question ?

*

Lilian Thuram demande : lorsqu'on vous parle de Christophe Colomb, si vous visualisez son arrivée, êtes-vous sur le bateau avec lui ou sur la plage avec les Amérindiens ?

*

Ce livre peut-il avoir une fin ? Quel est le but ? L'issue du parcours ?

*

*Coucou.*

*Vraiment désolée pour les réponses tardives. Je ne sais plus comment décrire ma journée. Parfois je me demande quand est-ce que je pourrai vivre dans le calme. Enfin bref...*

*Lors de mon séjour en Suisse, on avait 12 et 15 ans à peu près. Personnellement je n'avais aucun problème avec toi mais à mon avis, tu avais l'âge de ta crise d'ado parce que tu criais sur tout le monde. Ta mère nous a expliqué aussi que c'est comme les mariés, quand on habite ensemble, l'ambiance change. Toi tu étais toujours en « pleine crise » alors que moi j'ai toujours eu des compliments de la part de ta mère, j'aidais au ménage, j'acceptais facilement les organisations car je n'étais pas chez moi et je ne pouvais pas m'imposer.*

*S'il te plaît. Je ne veux pas que tu racontes cet incident dans ton livre car je connais très bien les Malgaches et les membres de ma famille. Des Malgaches vont se moquer de moi en lisant le livre. Ils ne vont jamais croire que c'est le seul incident qui s'est produit. Concernant ma famille, ce sera la même chose. Ils ne vont jamais croire non plus que c'était la seule fois, ils n'auront pas pitié de moi mais ils vont se moquer de moi. Ils vont se dire que je suis bête de rester amie avec vous malgré les mauvais traitements, même si c'était la seule fois. J'espère que tu comprendras mes arguments et que tu respecteras ma décision.*

*Et aussi il est préférable pour moi que mes enfants ne soient pas au courant.*

*En tout cas je suis persuadée qu'il y a eu mille fois plus de bons moments que de mauvais et je vous suis reconnaissante.*

*Par rapport au vrai nom, oui cela me ferait vraiment plaisir, j'en serais vraiment fière car dans ma vie, il n'y a pas eu beaucoup de monde qui m'a donné de l'importance comme ce que tu vas faire avec ton récit. Cela est dû je pense à la séparation de mes parents.*

*Concernant les textes sur nos échanges que tu vas publier, je n'y vois pas d'inconvénient. Mais le fait de me l'envoyer avant insertion est une très bonne idée.*

*J'espère que mes réponses te seront utiles.*

*Et sinon comment allez-vous ? Ma mère est actuellement chez mon frère en France.*

*Mes salutations à toute la famille. Je vous embrasse fort.*

*Nirina*

# 6

J'aime les allées d'arbres parce qu'elles semblent mener quelque part.

Comme cette célèbre allée de baobabs qui bordent la route de terre entre Morondava et Belon'i Tsiribihina dans la région de Menabe, à l'ouest de Madagascar. Il s'agit de l'espèce *Adansonia grandidieri*, endémique de la grande île. Les baobabs, de plus de huits cents ans, sont un héritage des forêts tropicales denses qui ont autrefois prospéré dans le pays. Elles ont disparu depuis longtemps, ne laissant que 10 % des forêts primaires sur l'ensemble du territoire. Les baobabs sont des survivants. Parce qu'ils sont respectés mais aussi pour leur valeur en terme de nourriture et de matériau de construction, ils ont été préservés de l'abattage massif effectué au fil des années pour l'agriculture.

J'ai marché dans cette allée de baobabs, j'ai agrippé mes bras aux troncs immenses et posé ma joue sur l'écorce. J'ai couru, excitée, au milieu des géants, la terre rouge, encore, a teinté ma peau. L'océan était proche, bouillonnant, des vagues puissantes qui emportaient nos corps légers, les soulevaient, tournoyants, apeurés, et les rejetaient, essoufflés, des cristaux de sel imprégnés sur la peau, les cheveux qui dégoulinaient sur les épaules et dans les yeux, ça piquait et ça sentait bon. Le soir, les vagues étaient invisibles mais leur présence persistait, le bruit des rouleaux plus insistant encore. Le vent sur mes paupières, mes joues, mes jambes nues. Dans la nuit noire, des lucioles éclairaient le chemin, minuscules points de lumière aussi magiques pour moi que des fées. Mes orteils dans le sable rafraîchi par l'obscurité.

L'océan occupe une grande place dans ce qui constitue mon *héritage africain*, ou ce que j'aime définir ainsi.

Cette sensation du sel et du soleil sur la peau. Je peux la faire surgir à n'importe quel moment, elle continue de m'habiter, même au cœur de l'hiver, je la chéris.

Une sortie en bateau, à Nosy Bé, le snorkeling dans l'eau transparente, puis le retour dans le soleil couchant, un orage qui s'approche, les nuages noirs au loin et l'air qui s'alourdit, sur mon visage, la lumière, le vent, l'humidité, ma famille derrière moi, joyeuse, un sentiment de bonheur, de plénitude, je suis vivante, puissante, et je veux que ce moment ne s'arrête jamais.

La mer qui se déchaîne sur notre embarcation à Diego Suarez, lorsque je retourne à Madagascar avec mon amoureux. Cette ville à l'architecture coloniale se trouve tout au nord du pays. Une atmosphère irréelle se dégage des rues vides, des routes défoncées, des maisons blanches à moitié effondrées qui se détachent sur le ciel toujours bleu. Notre hôtel ne coûte presque rien, dans la chambre sombre et mal aérée, des préservatifs périmés traînent dans le tiroir de la table de nuit. Lorsque nous croisons dans le couloir des vieux hommes français tenant par la main des très jeunes femmes malgaches, nous rassemblons nos affaires et déménageons dans un autre établissement.

La région est sauvage, battue par le vent, des kilomètres de plages de sable blanc, une végétation drue, des arbres robustes courbés dans le sens des rafales. Nous effectuons une excursion en bateau à voile dans un lagon appelé Mer d'émeraude, jusqu'à des îlots paradisiaques au large de la côte. Ne voulant pas suivre les mêmes circuits que tout le monde, nous boudons les services des guides officiels et négocions avec un pêcheur qui parle à peine le français. Nous convenons d'un trajet aller-retour sur sa barque à voile, vers une île où nous passerons une partie de la journée. Il cuisinera pour nous le repas de midi. Une femme nous accompagne. L'endroit où nous débarquons est magnifique, désert, nous mangeons sur la plage un repas composé de crabe, de riz à la noix de coco et de légumes. En fin d'après-midi, le pêcheur nous fait comprendre qu'il est l'heure de rentrer et nous reprenons la mer. Sans que nous l'ayons remarqué, le vent a forci durant la journée et de grandes vagues agitent le bateau. Plus nous avançons et plus les rouleaux sont gros. Nous tombons dans des creux profonds qui cachent l'horizon et la houle s'écrase sur notre embarcation avec force. Suffocante, frigorifiée par le vent et mes vêtements mouillés, je commence à avoir peur. Nous ne pouvons pas communiquer avec le pêcheur et la femme, je n'arrive pas à percevoir si la situation les inquiète ou si elle est habituelle. À la moitié du trajet, le gouvernail se casse. Le pêcheur ne peut plus guider son bateau. Il baisse les voiles et allume le moteur. Je me souviens avoir lu dans mon guide que des accidents sont arrivés de cette manière. Remplis au minium dans un souci d'économie, les moteurs ne contiennent pas assez d'essence pour finir le trajet et les bateaux dérivent. La femme se réfugie à la proue, dans le petit espace abrité où nous avons rangé nos sacs. Je la rejoins et me recroqueville sous les planches. Je suis ainsi protégée des vagues qui continuent de submerger notre embarcation et je ne vois plus la hauteur des crêtes. Je reste là et j'attends.

Après plusieurs heures, nous finissons par atteindre le rivage. Nous débarquons, les pieds dans l'eau, les jambes tremblantes. Sur la plage, le calme et le temps radieux contrastent avec ce que nous venons de vivre. Nous reprenons nos esprits, les fesses dans le sable, et embarquons dans un taxi-brousse pour rentrer à l'hôtel. C'est une petite camionnette blanche pourvue de deux banquettes pour s'asseoir, sur les bords, dans le sens de la longueur. Au centre, des bacs occupent tout l'espace et nous obligent à replier nos jambes sur le siège. Ils contiennent de l'eau dans laquelle pataugent des poulpes. Les uns sur les autres, ils forment une masse indistincte et visqueuse d'où surgissent des tentacules qui se déploient sur les côtés. Les bacs sont remplis à ras bord, à chaque virage, je m'attends à ce que leur contenu se déverse sur mes genoux. À bout de nerfs, nous échangeons des regards et tentons de contenir le fou rire qui s'empare de nous peu à peu.

Le soir, épuisée, je découvre que ma peau est couverte de boutons qui me démangent affreusement. J'ai été attaquée par des mokafohy, des petites mouches qui se cachent dans le sable. Les piqûres sont si nombreuses qu'elles forment des plaques rouges étendues. Je suis une touriste bouffie et vaincue, avec un petit air d'étoile de mer.

En relisant ce passage, je suis frappée par ses échos problématiques. Comparer mes mésaventures comiques en vacances avec les tragédies des personnes migrantes en Méditerranée est inimaginable. Pourtant, ces deux réalités résonnent dans mon récit, avec une ironie grinçante.

Et j'oublie le pêcheur, la cuisinière, les Malgaches dont c'est le métier de transporter les touristes dans leurs barques en mauvais état.

J'hésite, coupe, raccourcis, efface. Puis je remets le paragraphe.

Durant le même séjour, sur une autre île, je marche sur un oursin et un de ses piquants s'enfonce profondément dans mon pied. Nous sommes loin de toute structure médicale et je ne sais pas quoi faire. Je vais voir un employé de l'endroit où nous logeons, dans une petite cabane en bois sur la plage. Sans un mot, il prend une aiguille, un briquet et un citron vert, il m'emmène sous un arbre, me dis de m'asseoir, cueille quelques feuilles, les déchire pour en extraire un jus blanchâtre. Il brûle l'aiguille, attrape mon pied et commence à farfouiller dans la plaie. De temps en temps, il applique sur la lésion du jus de citron et de feuille. J'apprendrai plus tard que ces liquides aident à ramollir la matière du piquant qui sort plus facilement. Ça n'a pas l'air de faire beaucoup d'effet, je souffre sans rien dire, me mords les joues. L'homme réussit finalement à retirer une partie de l'épine, suffisamment pour que je puisse marcher à nouveau et finir le séjour sans que ça me dérange. La peau se referme sur le morceau restant. Plusieurs semaines après mon retour en Suisse, la douleur revient, je ne peux plus poser le pied. Mon compagnon anesthésie l'endroit, incise la peau et retire le piquant. Mesurant presque cinq centimètres, il est intact, d'un noir mat et intense. Je le garde.

*

Il me semble tout à coup évident que si je veux un jour trouver une fin à ce texte, il faut que je sois ailleurs qu'en Suisse.

Je m'imagine retourner au Rwanda, avec mes parents et mon fils, retrouver les lieux où nous avons vécu, revoir les gens, leur parler. J'aimerais faire vivre à B. les enrichissements que ces voyages m'ont offert. Mais je ne parviens pas à me projeter concrètement. M'y rendre en touriste me plaît de moins en moins. Pour des raisons éthiques, oui, mais peut-être aussi par orgueil.

*

Le carnaval a commencé à Lucerne. Les coups de canon m'ont réveillée à cinq heures du matin. Je croise des cliques, des masques de Trump, d'autres créatures effrayantes. Et beaucoup de drapeaux suisses.

Au bord du lac, juste devant l'hôtel, je trouve une jonquille par terre. Je la ramasse et la mets dans un verre que je remplis d'eau et pose sur la table dans ma chambre.

# 7

J'imprime et relis l'ensemble de mon texte. Je réécris plusieurs passages, j'en coupe certains. Il manque des scènes malgaches, les souvenirs sont trop peu nombreux. Je prends mon carnet, mon porte-mine et je creuse ma mémoire, je note les images, les sons, les odeurs qui me reviennent, sans me censurer, sans les rejeter parce que je n'en ai pas une vision précise ou parce que ce ne sont que des bribes, des morceaux sans lien les uns avec les autres. Je découvre que les souvenirs en amènent d'autres. J'ai ouvert une nouvelle porte et je suis étonnée de la profondeur de la brèche qu'elle dévoile.

Alors j'écris des paysages, des baignades, notre maison, la ville, et je triche, j'insère ces passages dans les parties rédigées au printemps dernier, en été, en automne. J'accentue, ponctue, relève. Tisse les liens. Ajoute des feuilles aux arbres ou des taches de neige sur les sommets.

C'est rassurant et exaltant, quoi qu'il arrive désormais, je peux prendre hier et le mettre à la place d'il y a dix ans, je peux prendre demain et en brouiller les contours dans l'eau trouble d'une rivière malgache.

Je suis presque au bout d'une première version de mon manuscrit. Je l'envoie à mes parents. Ça fait partie du contrat et me semble logique, ils possèdent un droit de regard et de commentaires sur ce texte.

Je mange le granola maison pour la dernière fois. J'ai finalement cessé d'en mélanger plusieurs sortes et décidé que mon préféré était celui au chocolat. Je bois un cappuccino et remonte dans ma chambre pour me brosser les dents. J'ai du mal à fermer ma valise. Je vérifie que je n'ai rien oublié, je prends l'ascenseur pour rejoindre le rez-de-chaussée. Je dédicace un de mes livres pour remercier le personnel de l'hôtel et discute un moment avec un des directeurs. Il me reste du temps avant mon train alors je m'installe sur la terrasse pour écrire. Le soleil est éblouissant, je ne vois presque pas mon écran.

*

Je rentre à la maison après avoir récupéré B. chez mes parents. À notre arrivée, l'appartement est inondé de lumière, l'odeur n'est plus la nôtre, les trois personnes qui ont occupé les chambres pendant notre absence sont parties. Je vide les valises, lance des lessives, range. Nous allons faire des courses.

Le lundi matin, j'abandonne la vaisselle sale dans l'évier et je sors. Je veux retrouver le rythme d'écriture que j'ai instauré à Lucerne et je sais que je serai plus efficace ailleurs que chez moi. Je prends mon vélo et pars à la recherche d'un café ouvert. J'opte pour un endroit où je ne suis jamais allée qui s'avère bruyant et balayé de courants d'air. Un homme s'assoit à côté de moi pour me parler, il se tourne régulièrement de mon côté pour me demander ce que je fais. Il me dit, vous n'avez jamais eu l'idée d'écrire un livre séparé en deux, dont une moitié serait à lire avec l'œil gauche et l'autre avec l'œil droit ?

Je décide d'aller travailler à la bibliothèque les jours suivants.

# 8

Je fais un rêve. Je me trouve dans une piscine ou des bains thermaux, je suis à la fois présente dans la scène, sous les traits d'une adolescente aux cheveux bruns, et observatrice extérieure omnisciente. L'ambiance est paisible, joyeuse, les gens nagent et jouent autour de moi. Soudain, certains s'écroulent, touchés par des tirs silencieux. Ce ne sont pas des balles qui pénètrent les corps, mais de minuscules aiguilles qui entrent lentement dans la peau. Tout le monde est touché et tout le monde s'efface au sol, avec douceur, sans bruit, sans sang. Après quelques secondes, certaines personnes se relèvent, les autres ne bougent plus, elles sont mortes. D'autres scènes se succèdent dans différents lieux, un théâtre, le bord d'un lac, elles se déroulent toujours de la même manière. Les meurtriers sont invisibles mais je sais qu'ils sont là, les aiguilles percent l'air, personne ne crie, personne ne proteste. Peu à peu les gens commencent à comprendre que seules les personnes non-blanches sont tuées. Les autres sont épargnées, échappant aux effets mortels des aiguilles. Mon personnage adolescent assiste au massacre, est touché à chaque fois, s'endort, puis se redresse. Transpercée par une aiguille, une femme s'allonge contre le mur d'une maison pour attendre la mort, elle semble paisible, continue de parler. Elle ferme les yeux quelques instants et les rouvre, étonnée d'être toujours en vie. Pourtant je suis Kurde, dit-elle en se relevant.

La révolte grandit en moi et je décide d'agir, de trouver les responsables de ces meurtres et de les tuer.

Je me réveille au moment où je pars pour une destination inconnue, un sac sur le dos, accompagnée d'une adolescente que je viens de rencontrer et qui a proposé de m'aider.

*

Comme l'année précédente à la même époque, une grosse coupe de bois défigure la forêt dans laquelle je cours. Je m'arrête pour boire de l'eau à une fontaine et je contemple le sentier élargi, défoncé, les débris de branches, les souches à vif, mon paysage ravagé. Je grimpe sur un tronc à la base d'un tas géant qui en compte une dizaine, je marche sur toute sa longueur, m'imaginant ce qui se passerait si l'équilibre du tas se rompait, le bruit que feraient les troncs en roulant les uns contre les autres, m'engloutissant. Je saute à l'autre bout et continue ma course.

*Je ne suis pas tombée du ciel*
*Je ne descends pas non plus d'une plaie de sauterelles*
*boire de la terre ma couleur et ma force*
*et je ne viens pas comme la pluie*
*en offrande ou symbole du futur de la terre*
*j'arrive comme une femme*
*noire et ouverte*
*quelques fois je tombe comme la nuit*

*douce*
*et terrible*
*seulement lorsque je dois mourir*
*afin de me relever.*

Audre Lorde

*

Ma mère m'a laissé un message sur mon répondeur, j'ai lu ton texte, c'est très inconfortable pour moi, j'aimerais qu'on en parle. Je lui propose qu'on se voit la semaine suivante pour un thé. J'ai envie de pleurer. Décidément, je déteste toujours autant décevoir ma maman.

Nous nous voyons à La Chaux-de-Fonds, un matin de semaine, dans un café près de la place du Marché. Nous sommes interrompues toutes les dix minutes par les salutations de quelqu'un que nous connaissons. Elle me parle avec sincérité, douceur et fermeté. Elle est en colère.

Deux aspects la dérangent. Le premier est très global, dit-elle, il concerne le projet dans son ensemble. Je me rends compte que je ne suis pas du tout à l'aise avec le fait que mon intimité soit ainsi exposée. Je n'aime pas l'idée que les gens aient accès à mon histoire de cette manière-là. Il y a des choses que je ne raconte pas, que je garde pour moi, ce n'est pas pour rien, et là elles sont révélées malgré moi.

Je suis étonnée, je ne lui ai rien caché, elle était au courant de ma démarche et semblait plutôt l'approuver. C'est vrai, répond-elle, mais c'est différent quand tu te retrouves face aux mots imprimés sur une feuille, quand tu imagines concrètement le livre entre les mains de certaines personnes.

Mais entre les mains de qui ? je demande.

Elle réfléchit. Je ne sais pas, c'est une bonne question. Les voisins par exemple. Des collègues, je ne sais pas.

Les gens qui comptent pour toi, qui sont proches de toi, ils connaissent ces détails, je ne raconte pas de secrets, je ne révèle rien d'honteux. Et les autres, pourquoi tu te soucies de ce qu'ils vont penser ?

Tu as raison, je ne devrais pas m'en soucier. Mais ce n'est pas si simple. Et je n'ai rien demandé. Ça m'affecte, je n'y peux rien et c'est important pour moi que tu le saches.

Je prends une gorgée de café. Je dis que je comprends, que je suis désolée, que c'est normal qu'elle m'en parle, que je la remercie, mais que je ne sais pas quoi en faire. Je ne vais pas renoncer au projet, je ne vais pas effacer ce qui la concerne.

Je sais, affirme-t-elle calmement, je ne te le demande pas. C'est ton travail, c'est ce que tu fais, c'est ce que tu es, c'est comme ça. Ça a été vraiment dur à la première lecture, mais après quelques jours ça va déjà mieux, je suis plus apaisée. Je peux vivre avec ça.

Je souris. Je dis merci. Et puis j'ajoute, pas très fière de moi, tu adores découvrir les histoires d'autres personnes, dans des livres, des films, des podcasts. Tu peux te dire que tu leur rends la pareille.

Elle hoche la tête, moyennement convaincue. Par contre, reprend-elle brusquement, il y a des choses avec lesquelles je ne peux pas vivre, des choses que tu dis de moi qui sont fausses et qui me blessent, des détails, certains passages.

Nous restons longtemps dans le café. Ma mère m'indique toutes les séquences qui selon elle la réduisent à une femme qu'elle n'est pas, qui privilégient une interprétation qu'elle juge inexacte. Ça l'a vraiment fâchée, elle me le répète plusieurs fois. Elle me raconte. Des aspects de sa vie que j'ignore. Ou ceux pour lesquels je me suis contentée d'une version à trous que j'ai maladroitement raccommodée. Nous avons souvent des discussions intimes mais elle se livre peu. Et j'ai peut-être eu tendance à ne pas l'y encourager.

En reprenant le train ce jour-là, j'ai le sentiment de la connaître un peu mieux.

La lecture du manuscrit prend plus de temps à mon père. Il l'appréhende. Il m'en parle un soir, alors que nous mettons la table. Il a relevé des coquilles, des fautes d'orthographe, des *erreurs*. Ce n'est pas en tant que bûcheron que j'ai été engagé par la DDC, ça n'aurait jamais marché, j'avais fait une formation supérieure. Là c'est pas de la sève, c'est de la résine. On avait pas du tout une Land Rover, tu sais ce que c'est une Land Rover, c'est une énorme voiture trop chère, on avait une vielle Patrol qui sentait la chèvre. L'école ça a dû être dur pour toi, je me rendais pas compte. Sinon, j'aime toujours autant ton écriture. Béatrice n'a jamais été opérée pour la cysticercose. Pourquoi tu dis que ma maman trichait aux cartes, elle était mauvaise perdante mais elle ne trichait pas. Et c'est facile, l'épicéa a l'écorce beaucoup plus rouge que le sapin blanc, je te remontrerai.

Il n'y a pas des choses qui t'ont dérangées, je lui demande, des passages que tu voudrais changer ?

Non, dit-il. Et il part chercher du vin à la cave.

## 9

Ma compagnie de théâtre a obtenu une bourse de recherche pour développer un projet. Ma collègue et moi nous y consacrons à plein temps pendant un mois. Je me lance avec difficulté dans ce nouvel univers, dans ces nouvelles réflexions. Il faut changer de rythme, de forme artistique, de méthode. J'ai peur de perdre le lien avec mon texte si j'arrête d'écrire, de couper l'élan qui me guide depuis plusieurs semaines, alors je continue, dans les moments de pause, les trajets en train. Les thématiques se mélangent dans mon esprit, se nourrissent mutuellement, le potentiel de création me semble infini.

Je m'installe dans le café vide du théâtre et j'écoute. Les vocalises d'une comédienne qui s'échauffe, la ventilation, la bouilloire, une exclamation quelque part, les grincements d'une chaise dans le hall, le silence étouffé de la scène plongée dans le noir.

Peut-être que ce que je voudrais comprendre, c'est ce que j'essaie de dire, au fond, depuis tout ce temps. Depuis les poèmes dans mon journal intime, depuis les spectacles dans mon jardin malgache. Pourquoi je considère avoir une légitimité à le dire.

Ce que je voudrais découvrir aussi, c'est d'où vient ce sentiment d'appartenance que je ressens au contact de l'acte d'écriture, ou à celui de l'obscurité d'un théâtre, de mes pieds sur le tapis de danse, comme lorsque je marche dans les pâturages boisés de ma région natale ou pense aux ravelanas.

*

Lors d'un petit-déjeuner chez Juliette, j'évoque la réaction de nos parents à la lecture du manuscrit. Je raconte aussi la drôle de situation dans laquelle je me suis fourrée avec Nirina, ses souhaits que je ne sais comment honorer, que je ne veux pas honorer peut-être, ce sentiment de grand malentendu qui me poursuit.

Mon beau-frère me donne son avis, confirmant tranquillement ce qui me tourmente. Aller à l'encontre des volontés de Nirina est inadéquat et je l'envisage probablement parce qu'elle est loin de moi, que je me place dans une position supérieure qui m'offre l'illusion de justifier mes choix.

Ma sœur ne dit rien. Elle sirote son café et tend des morceaux de pomme cuite à son bébé.

Puis elle explose.

Si tu as peur que Nirina n'aime pas ton texte, ne l'écris pas, mais tu t'en fous en fait, tu t'en fous des conséquences que ça a sur nous, Nirina te fait confiance mais t'es pas mieux que les gens racistes que tu dénonces, tu l'utilises comme ça t'arrange, t'es bien contente qu'elle t'admire et que tu puisses dire ce que tu veux d'elle. Tu utilises Nirina, les parents, tu prends ce dont tu as besoin pour ton projet égoïste et tu t'en fous des conséquences. Maman ne dort plus la nuit à cause de toi, elle me l'a dit l'autre jour au téléphone et papa il ne dit rien mais je suis sûre que c'est dur pour lui aussi. Cette image à laquelle tu les réduis, c'est pas eux, c'est normal qu'ils ne se reconnaissent pas.

Elle se lève, commence à débarrasser la table. Mais j'ai pas fini maman, proteste son fils en s'accrochant à sa tartine.

Fais ce que tu veux, ajoute-t-elle sans me regarder, mais ne compte pas sur moi pour te plaindre parce que ta démarche est difficile et ne compte pas non plus sur mon approbation.

Elle sort de la pièce. Je l'entends déposer les assiettes sales dans l'évier et elle crie depuis la cuisine, je vais me doucher.

Qu'est-ce qu'elle a dit ? demande B. qui lit sur le canapé. Elle est fâchée, répond son cousin.

Je reste immobile quelques secondes, interloquée. Puis je rejoint ma sœur à la salle de bains, aussi tranquillement que possible. Je m'assois sur le couvercle des toilettes. L'eau éclabousse rageusement le rideau de douche.

C'était quoi ça ? je demande. On peut parler ?

C'est pas le moment, y a les enfants.

Ils peuvent supporter une discussion tendue, c'est pas la fin du monde. Ou si tu préfères on va se promener. Mais moi j'ai pas envie de repartir sans avoir compris un peu ce qui me tombe dessus, là.

Ok, on va se promener.

Ok.

Je ne bouge pas. La douche s'arrête, j'entends les *gnuik gnuik* des pieds de ma sœur sur la faïence mouillée. Puis la douche reprend.

C'est quoi cette histoire de maman qui ne dort plus ? je demande. On s'est vues l'autre jour et c'est pas du tout ce qu'elle m'a dit.

Elle veut pas te faire de la peine.

Elle a exprimé clairement ce qui l'avait dérangée, on a discuté et ça allait mieux.

C'est pas ce que j'ai compris.

C'est quoi ces discussions parallèles de merde ? En quoi ça te concerne en plus ? Il est où le vrai problème ?

À partir de là, c'est moi qui hurle. Ma sœur éteint la douche et ouvre le rideau. Elle se tient devant moi, à poil et dégoulinante, je suis toujours assise sur les toilettes.

Le problème, reprend Juliette, c'est que tu perturbes tout le monde, tu perturbes l'équilibre de la famille, tu vas perturber celui de Nirina. Passe-moi le linge.

Lequel ?

Le blanc.

Je lui tends le linge.

On dirait que j'ai écrit des trucs affreux sur vous mais pas du tout, y a que vous qui trouvez ça négatif. Et j'ai fait les choses comme il faut, je vous ai inclus dans le processus depuis le début, je vous ai fait lire le manuscrit, j'ai enlevé, changé plein de choses, il faut quoi encore ? Vous pouvez pas me laisser faire mon travail ? C'est pas facile pour moi non plus.

Ah non hein, arrête de jouer la victime.

Forcément que l'image que mon texte donne de vous est réductrice, j'ai jamais dit que mon projet était de dresser un portrait exhaustif et réaliste de ma famille.

Mais c'est ça l'image que tu as de nous ?

Bien sûr que non, ça n'a rien à voir. Ce qui est écrit dans ce texte ne représente pas du tout la manière dont je vous perçois. C'est pas vous, c'est un tout petit bout de vous, retenu pour servir une histoire, interprété et mis en mots.

Ouais ça c'est la théorie mais tu sais pas ce que ça fait en vrai, de lire des trucs sur soi comme ça.

On a hurlé pendant longtemps. Jusqu'à ce que B. et son cousin passent la tête dans l'entrebâillement de la porte, en essayant de ne pas être repérés. Ça nous a calmées.

*

J'achète du terreau pour semis que je n'utilise pas. Le sable du Sahara rend notre ciel brumeux. Les arbres fruitiers sont en fleurs.

*

Juliette et moi reprenons la discussion posément quelques jours plus tard. J'ai eu le temps de réaliser que nos colères se nourrissent surtout de blessures qui n'ont pas leur place dans ce texte. Et que j'ai sous-estimé le pouvoir de l'écriture.

# PRINTEMPS

# 1

En aidant ma grand-mère à trier et ranger des affaires qui se trouvaient dans un vieux secrétaire, ma mère a trouvé toutes les lettres qu'elle a envoyées à cette dernière durant notre séjour à Madagascar. Elles se trouvaient dans un tiroir que ma grand-mère n'avait pas réussi à ouvrir depuis trente ans et dont elle avait complètement oublié le contenu. Des dizaines de lettres, rédigées au stylo-bille sur un papier fin et presque transparent, envoyées de manière régulière durant deux ans.

Ma mère les a ramenées à la maison et en a entrepris la lecture attentive.

Quand je la revois, sa découverte est la première chose dont elle me parle. Elle est intarissable sur les anecdotes et les souvenirs que cela fait ressurgir, comme le chien qui a tué le lapin en jouant avec lui et mangé deux fois de suite les sandales en plastique de Chloé, qui râlait parce que depuis elle ne trouvait plus de chaussures qui lui plaisaient. Ou le fait que Nirina et moi jouions au Scrabble pendant des heures.

Ma mère porte un regard tendre, nostalgique, mais aussi critique sur ce qu'elle a écrit, disant qu'elle doit faire un effort pour être bienveillante avec elle-même. Ces récits étaient adressés à ma grand-mère et à son compagnon, ma mère les construisait pour qu'ils leur conviennent, elle les trouve parfois maladroits et ennuyants.

Je n'aurais sûrement pas écrit la même chose si je me parlais à moi-même, me dit-elle, et j'ai changé. Quand même, ajoute mon père, il y a beaucoup de choses qu'on ferait différemment maintenant.

Je leur demande s'ils le referaient tout court, partir là-bas. Peut-être pas, répond-il. Ma mère nuance, elle a adoré cette expérience et est vraiment heureuse de nous l'avoir fait vivre. Mais peut-être qu'on irait ailleurs, dans une région du monde où les rapports sont moins inégaux.

J'emporte avec moi un gros paquet de lettres.

À ce moment-là de mon processus d'écriture, cette découverte me semble évidente, petit clin d'œil du destin qui m'amuse. Mais elle s'avère aussi encombrante. Je vais soudain avoir accès aux faits sans possibilité de les remettre en question. Et si je ne sais pas quoi en faire, faudra-t-il tout reprendre depuis le début, corriger, compléter ? Faudra-t-il ajouter un errata en annexe ? Dans un sens, l'existence de ces lettres menace d'invalider ma démarche.

Au-delà de leur impact sur mon travail, je réalise que je n'ai simplement pas très envie de les laisser modifier mes images, mes impressions de cette partie de mon existence. Elles constituent un contre-récit que je n'ai pas sollicité. Laissez-moi me débattre avec ma mémoire défaillante, ai-je envie de leur crier, laissez-moi mes interprétations, la vie que je crois avoir eue et que je sais comment porter.

Un ami me fait remarquer que c'est exactement ce que ce texte fait vivre aux membres de ma famille et à Nirina.

En réalité, les lettres révèlent des anecdotes du quotidien inoffensives. Elles n'entrent jamais dans l'intimité de ma mère, dans ses émotions, dans les soubresauts de notre vie familiale.

Certains détails décrits sont doux, je les ajoute avec plaisir à ma mémoire. Le gâteau aux papayes de montagne, ou la gelée de prunes du Japon, les mentions de notre vache au Rwanda (certaines lettres de cette époque se sont égarées dans le tas), *elle va mieux et donne assez de lait. On lui a fait plusieurs fois des piqûres de vitamines*, les dizaines de chapeaux de paille accrochés au fond de la classe dans l'école où ma mère travaillait à Fianarantsoa.

D'autres sont plus acides, moins avouables. À notre arrivée à Madagascar, nous avons vécu quelques jours chez des collègues de mon père, à Antananarivo. Un jour, Juliette a demandé au fils du jardinier : Toi t'es malgache ? Toi t'es pauvre ? *Les filles sont à l'aise et ne semblent pas choquées par la pauvreté. J'ai l'impression que pour elles, il y a les pauvres et il y a les riches et elles savent très bien à quelle catégorie elles appartiennent.*

Quand Nirina était avec nous, il arrivait fréquemment que les gens la prennent pour notre *bonne. J'ai dû dire à Jeannine ce que je ne voulais pas qu'elle fasse, notamment les lits et les rangements, surtout ceux de la chambre des enfants. Fanny trouvait ça incroyable, quelqu'un de disponible pour ranger sa chambre, et injuste que je lui dise que c'est à elle de le faire.*

Parfois, mon père écrivait quelques lignes, qui parlaient presque toujours de son travail. *C'est un peu le désordre car la direction générale des forêts ne veut plus confier la scierie à des gens peu expérimentés et je dois donc garder la direction. C'est vraiment des andouilles car on avait désigné des responsables et restructuré toute l'affaire. Je sais maintenant qu'on prend les gens (ici en brousse) pour des imbéciles et je ne sais plus comment annoncer toutes les conneries de mes dirigeants à mes ouvriers.*

*Les élèves sont en vacances et nous en profitons pour préparer des cours. Je suis aussi en train d'installer un magasin outils. Nous sommes un peu préoccupés avec mon collègue belge (mon chef de Tana) car il semblerait que les finances de la confédération ne se portent pas très bien et on murmure à Berne que l'aide à Madagascar sera fortement diminuée. Personnellement je trouve qu'on pourrait récupérer des sous au département militaire avant de diminuer l'aide au tiers-monde. Surtout quand on y habite et qu'on voit la misère. J'ai de plus en plus de mal à encaisser quand je rencontre des enfants démunis. On se sent impuissant, honteux et désabusé. Je me vois parfois en train d'étrangler le président ou un de ces gros magouilleurs.*

J'ai lu toutes les lettres. Puis je les ai laissées prendre la poussière sur la table du salon.

## 2

Chloé et moi assistons à une représentation d'*Une carte noire nommée désir*, performance de Rébecca Chaillon, qu'elle présente comme « la fabrication d'une communauté sur scène entamant un voyage initiatique poétique de réappropriation de leur Histoire de femmes noires dans un pays qui n'est pas décolonisé de ses imaginaires ».

Parmi de nombreuses séquences bouleversantes, plusieurs montrent les performeuses lavant le sol, agenouillées et pieds nus, courbées sur une serpillière.

Ces images me frappent par la brutalité de ce qu'elles racontent mais surtout par le sentiment de familiarité qu'elles déclenchent en moi. J'ai assisté tant de fois à des scènes identiques, des femmes noires qui nettoyaient – des espaces que j'avais parfois moi-même utilisés et salis – à quatre pattes, accroupies, ou penchées en avant, leur corps usé par la tâche, imprégné d'eau et de savon. Des femmes travailleuses, qui lavaient le linge, faisaient rouler et sauter les grains de riz dans un grand panier plat pour en débarrasser des cailloux, tressaient des brins de paille, repiquaient les plants de riz, portaient les enfants et des bassines sur la tête. Petite, je les regardais comme je regardais tout le monde, avec intérêt et curiosité, me racontant des histoires sur leur vie, m'imprégnant de détails, la peau craquelée de leurs jambes, leurs pieds solides, l'efficacité de leurs gestes.

C'était elles que j'avais observées le plus. Les autres, qui œuvraient dans des bureaux, des institutions, les cheffes d'entreprise, les enseignantes, les artistes, les médecins, je ne les voyais jamais.

Dans l'une des premières scènes de son spectacle, Rébecca Chaillon est assise, nue, sur un tabouret au milieu de la scène, les paumes de ses mains ouvertes vers le plafond. Ses cheveux sont tressés, le noir entremêlé de blanc. L'une après l'autre, d'un geste sec, sept interprètes décrochent les cordes, elles aussi noires et blanches, suspendues au-dessus du plateau. Elles les fixent aux cheveux de la performeuse installée au centre et les nattent à leur tour, créant de très longues tresses, qu'elles déploient ensuite dans l'espace, comme autant de chaînes. Rassemblée plus tard en un épais cordage torsadé, la coiffure de Rébecca Chaillon devient si lourde qu'elle doit la soutenir lorsqu'elle se déplace. Elle la dépose sur un support à roulettes, identique à ceux utilisés pour accrocher les perfusions dans les hôpitaux, qu'elle traîne à ses côtés tout au long des deux heures trente que dure le spectacle.

À la fin de celui-ci, la performeuse, toujours nue, est assise à nouveau. Ses compagnes de scène l'entourent, installées sur le sol, appuyées contre ses jambes. L'une d'elles, nue également, attrape la chaîne épaisse figurée par les tresses et l'emporte dans l'ascension d'une sorte de nid, suspendu au-dessus des actrices. Elle y accroche les cheveux de corde et s'y allonge.

Soudain organique, la chaîne devient alors le tronc d'un arbre tortueux dont Rébecca Chaillon forme la souche. Un chant s'élève de ses femmes-racines.

*

Ce soir-là je prépare des crêpes pour B. et trois de ses amis, transpirante dans mes habits de course. Les enfants ont démonté le canapé et sautent sur les coussins. Évidemment, deux d'entre eux se cognent la tête, le plus jeune veut rentrer chez lui. Tout le monde pleure et mes crêpes crament. Il y a de la pâte partout dans la cuisine. En même temps, mon colocataire du moment, un jeune homme de 23 ans qui n'a jamais vécu ailleurs que chez ses parents me demande s'il doit mettre sa moitié de melon au frigo.

Je pense à la petite fille qui bouillonne devant *Sissi, Impératrice*.

*Il règne une odeur de pluie*
*Et toute mon enfance*
*Est rentrée par la fenêtre*
*D'où elle s'était enfuie*
*Quand la pudeur*
*Avait installé le rideau*
*De l'intimité*
*Il règne une odeur mon enfance*
*À travers mon fils*
*Par procuration*
*Je revis ces joies multiples*
*Que produit la pluie*
*Dans nos sens*
*Aujourd'hui*
*Il a plu*
*Ça m'a plu*

*Tafatsiry indray ny raozy*
*Eto an-tokotaninay*
*Sady jejo ery ny paozy*
*Menamena ranoray*
*Raha mijery ianao dia daozy*
*Mamon'ny lokona divay*
*Ela tsy nanoratra praozy*
*Fa maka bahana indray*

Na Hassi

*

*Coucou Nirina,*

*Merci de ton message et pour la sincérité de tes réponses qui me touche. Je ne sais pas très bien quoi faire de tout ça, j'aimerais beaucoup parler avec toi de ces histoires de vrai prénom et de gifle. Est-ce que tu penses qu'on pourrait s'appeler ?*

*Bisous*

## 3

Notre départ définitif de Madagascar est teinté d'urgence. Ma mère souffre des symptômes inquiétants de sa cysticercose et rentre en Suisse pour faire des examens. Nous partons sans mon père qui reste pour les dernières semaines de son contrat et pour régler le déménagement. Nous emportons peu d'affaires, elles seront envoyées plus tard. Nous laissons la maison intacte, les meubles y resteront, les lieux seront investis par une autre famille. Aro et Jean-Paul deviendront les employés d'un autre couple, peut-être emmèneront-ils d'autres enfants à l'école. Et Nirina, deviendra-t-elle l'amie inséparable d'une autre petite fille ?

Est-elle présente ce jour-là ? Agite-t-elle la main en regardant la voiture s'éloigner ?

Je suis assise dans la Patrol, à côté de la fenêtre, je regarde dehors et je pleure. Est-ce que j'imagine que mon amour avec Nirina va survivre ? Je ne crois pas. Je suis consciente du caractère irréversible de ces au revoir, de la fin très nette que marquent le moteur qui démarre, la voiture qui roule de plus en plus vite, la distance qui grandit au même rythme. Peut-être est-ce la lucidité de l'enfance cette compréhension du moment présent, je sais que les images s'effaceront, qu'un temps viendra où les souvenirs seront décevants. Que je devrai m'en contenter parce que le reste aura disparu. Qu'un jour, devenue adulte, je nourrirai l'illusion de rattraper quelque chose, dans tous les sens du terme.

Je n'ai aucun souvenir de notre retour en Suisse, de notre arrivée – tout ce que je sais, c'est que j'ai vomi après l'atterrissage, comme à chaque fois, est-ce que c'est ce jour-là que j'ai dû remonter dans l'avion après avoir débarqué, pour attraper juste à temps le sachet rangé derrière mon siège et prévu à cet effet.

Il ne me reste rien des retrouvailles avec la famille, du déballage des valises, des malles, la distribution des cadeaux, les premières semaines, l'arrivée de mon père, l'aménagement dans le nouvel appartement, plus grand, l'ancien atelier de menuiserie du propriétaire, rénové par ce dernier et par mon père, avec une vraie salle de bains et des toilettes sèches, dans la même maison que celle que nous avons quittée deux ans auparavant, au milieu des champs qui doivent être en fleurs, les façades enserrées par les branches du pommier et celles du poirier qui donneront bientôt des fruits, les cloches des vaches le jour et la nuit, la fraîcheur de l'obscurité, la rosée du matin sur mes pieds nus lorsque je sors prendre le petit déjeuner que mes parents ont préparé sur la table ronde, sous l'églantier, la reprise de l'école, la curiosité des amies, la place qu'il me faudra occuper.

Toute ma vie, j'ai recherché ce bien-être qui m'a habité pendant mes années malgaches. Je ne deviendrais pas Sissi, ni Romy Schneider, ça, j'ai dû me résoudre à l'accepter. Mais je me débattrais longtemps avec une quête mal définie, lancinante, teintée de liberté à préserver coûte que coûte, de besoin d'assumer, de porter sans chanceler la personne que je suis, et d'envoyer se faire foutre les parties de moi qui m'en empêcheraient.

# 4

Je n'appelle pas Nirina. Je finis par lui envoyer un message lui expliquant longuement pourquoi je vais garder les mentions de la gifle et son faux prénom dans mon texte.

Je n'ai plus de nouvelles pendant plusieurs semaines. Puis elle m'écrit qu'elle s'excuse pour le retard, qu'elle peut enfin me répondre concernant le manuscrit, elle a relu plusieurs fois nos discussions et pense qu'elle doit me laisser libre d'écrire ce que je veux, qu'elle me fait entièrement confiance. Elle ajoute qu'elle a hâte de lire le livre car il nous permettra de préserver par écrit nos souvenirs d'enfance, quelle chance !

Je lui réponds tout de suite que je suis très touchée, que je la remercie, qu'elle est adorable et que je trouve précieux de pouvoir maintenir ces contacts avec elle. Que je lui donnerai des nouvelles du texte s'il est un jour publié.

Nos échanges continueront ensuite, des nouvelles rapides et des images de nos enfants envoyées tous les six mois, comme si rien ne s'était passé.

# 5

Je retourne dans notre forêt, B. m'accompagne. Nous saluons l'arbre président, le plus grand et le plus vieux de la communauté. C'est un sapin blanc, cette fois j'en suis (presque) sûre. Nous cueillons des renoncules, observons les minuscules poissons qui s'agitent entre les cailloux de la rivière. Ça sent la mousse, les gouttes de pluie tombées la veille sur les brins d'herbe s'évaporent.

Pour leur soutien, leur lecture, leur regard, leur amitié et leur compréhension, je remercie de tout mon coeur Aude Seigne, Bruno Pellegrino, Daniel Vuataz, Françoise Wobmann, Léa Wobmann, Mickaël Guillaumée, Noémi Schaub, Sophie Wobmann, Raymond Wobmann.

## Références

### Livres

Annie Ernaux, *L'écriture comme un couteau. Entretiens avec Frédéric-Yves Jeannet*, Paris, Gallimard, 2011

Audre Lorde, *La licorne noire*, Paris, L'Arche Éditeur, 2021, traduit de l'anglais par Gerty Dambury

Baptiste-Luc Raharimanana, *Nour, 1947*, Paris, Le serpent à plumes, 2001

Françoise Vergés, « Décolonisons les arts ! Un long, difficile et passionnant combat », dans *Décolonisons les arts !*, Leïla Cukierman, Gerty Dambury et Béatrice Vergès (sous la dir. de), Paris, L'Arche Éditeur, 2018, pp. 119-137

Lilian Thuram, *La pensée blanche*, Paris, Philippe Rey, 2020

Na Hassi, *À propos des pluies soudaines*, publié sur Facebook le 23 octobre 2022

Na Hassi, poème publié sur Facebook le 17 octobre 2022

Ocean Vuong, *Un bref instant de splendeur*, Paris, Gallimard, 2021, traduit de l'anglais par Marguerite Capelle

Patti Smith, *Dévotion*, Paris, Gallimard, 2018, traduit de l'anglais par Nicolas Richard

Pierre Tevanian, « Réflexions sur le privilège blanc », dans *De quelles couleur sont les blancs ?*, Sylvie Laurent et Thierry

Leclère (sous la dir. de), Paris, Éditions La Découverte, 2013, pp. 25-33

Robin DiAngelo, *Fragilité blanche. Ce racisme que les Blancs ne voient pas*, Paris, les Arènes, 2020, traduit de l'anglais par Bérengère Viennot

Rosa Amelia Plumelle-Uribe, *La Férocité blanche. Des non-Blancs aux non-Aryens*, Paris, Albin Michel, 2001

Toni Morrison, *Un don*, Paris, Christian Bourgois Éditeur, 2009, traduit de l'anglais par Anne Wicke

**Article**

Kaoutar Archi, *« Checker les privilèges » ou renverser l'ordre*, publié sur le site www.revue-ballast.fr, le 15 juin 2020

**Podcast**

Claire Richard, « Blanc comme neige », dans le podcast *Programme B*, Binge Audio

## Chez le même éditeur

**Julien d'Abrigeon**
Sombre aux abords

**Robert Alexis**
Le Renvers

**Yan Allegret**
Les Enfants éblouis

**Natacha Andriamirado**
La Bouée

**Philippe Annocque**
Liquide
Monsieur Le Comte au pied de la lettre
Rien (qu'une affaire de regard)
Pas Liev
Élise et Lise
Seule la nuit tombe dans ses bras
Les Singes rouges

**Bettina Balàka**
Murmures de glace

**Nick Barlay**
La Femme d'un homme qui

**Pierre Barrault**
Catastrophes
L'aide à l'emploi

**John Berger**
La Tenda rouge de Bologne

**Nella Bielski**
C'était l'an 42

**Luc Blanvillain**
Le Répondeur
Pas de souci
Nos âmes seules

**Julien Bosc**
Le Corps de la langue

**Lionel Bourg**
L'Engendrement
L'Horizon partagé
C'est là que j'ai vécu

**Kate Braverman**
Lithium pour Médée
Bleu éperdument

**Rolf Dieter Brinkmann**
Rome, regards

**Mathieu Brosseau**
Chaos

**Érik Bullot**
Tombeau pour un excentrique

**Ron Butlin**
Le Son de ma voix
Visites de nuit

**Arno Camenisch**
Derrière la gare
Ustrinkata
Sez Ner
La Dernière Neige

**Manuel Candré**
Des voix

**Pierre Cendors**
L'énigmaire
Minuit en mon silence
L'Homme-nuit

**Jonathan Coe**
B.S. Johnson, histoire d'un éléphant fougueux

**Marie Cosnay**
À notre humanité

**Didier da Silva**
Dans la nuit du 4 au 15

**Denis Decourchelle**
La Persistance du froid

**Paul Desalmand**
Le Pilon

**Caroline Deyns**
Trencadis
MURmur

**Sotiris Dimitriou**
Heureux soit ton nom
Dieu leur dit

**Anna Dubosc**
Koumiko
Bruit dedans
Plus vivant que la vie

**Karsten Dümmel**
Le Dossier Robert
Le Temps des immortelles

**Miguel Duplan**
Un long silence de carnaval

**Maria Efstathiadi**
Hôtel Rouge

**Clotilde Escalle**
Toute seule

**Brian Evenson**
L'Antre

**Eva Figes**
La Version de Nelly

**Frédéric Fiolof**
La Magie dans les villes
Finir les restes

**Marie Frering**
Désirée
L'Ombre des montagnes

**Eléonore Frey**
En route vers Okhotsk

**Mihàlis Ganas**
Quelques femmes

**Undine Gruenter**
La Cache du Minotaure
Le Jardin clos

**Thanassis Hatzopoulos**
Les Oubliés

**Bénédicte Heim**
L'Inamour

**John Herdman**
Imelda
La Confession

**Paulus Hochgatterer**
Brève histoire de pêche à la mouche
La Douceur de la vie

**Victoria Horton**
Grand Ménage
Attachements

**Chrìstos Ikònomou**
Ça va aller, tu vas voir
Le salut viendra de la mer

**Reinhard Jirgl**
Les Inachevés
Renégat, roman du temps nerveux
Le Silence

**B.S. Johnson**
R.A.S. Infirmière-Chef, une comédie gériatrique
Christie Malry règle ses comptes
Chalut
Albert Angelo
Les Malchanceux

**Gabriel Josipovici**
Moo Pak
Tout passe
Goldberg : Variations
Infini – l'histoire d'un moment
Dans le jardin d'un hôtel
Hotel Andromeda

**Jacques Josse**
Cloués au port
Le Manège des oubliés

**Anne Karen**
Rouge encor du baiser de la reine

**Michel Karpinski**
La Sortie au jour

**Besik Kharanaouli**
Le Livre d'Amba Besarion

**Mènis Koumandarèas**
La Femme du métro
Le Beau Capitaine
Mauvais Anges
La Verrerie

**Alain Lacroix**
Constellation

**Jérôme Lafargue**
L'Ami Butler
Dans les ombres sylvestres
L'Année de l'hippocampe
En territoire Auriaba
Le temps est à l'orage
Lisière fantôme

**Jocelyn Lagarrigue**
La Nuit recomposée

**Erwan Larher**
Marguerite n'aime pas ses fesses
Le livre que je ne voulais pas écrire
Pourquoi les hommes fuient ?
Indésirable

**Michael Lentz**
Mourir de mère

**Christophe Levaux**
La Disparition de la chasse

**Hans Limon**
Poéticide

**Leopoldo Lugones**
Les Forces étranges

**Eugene Marten**
Ordure
En aveugle

**Christoph Meckel**
Portrait-robot.
Mon père/Portrait-robot. Ma mère

**Rafael Menjívar Ochoa**
Le directeur n'aime pas les cadavres
Ma voix est un mensonge

**Annette Mingels**
Romantiques

**Marcel Moreau**
À dos de Dieu

**Mariette Navarro**
Ultramarins

**Stéphane Padovani**
La Veilleuse
L'Autre Vie de Valérie Straub
Le bleu du ciel est déjà en eux

**Yànnis Palavos**
Blague

**Robert Perchan**
La Chorée de Perchan

**Claudio Piersanti**
Enrico Metz rentre chez lui

**Eric Plamondon**
Taqawan
Oyana
Aller aux fraises

**Stamatis Polenakis**
Le dernier rêve d'Emily Dickinson

**Cécile Portier**
De toutes pièces

**Horacio Quiroga**
Les Persécutés
& Histoire d'un amour trouble

**Benoît Reiss**
L'Anglais volant

**Monique Rivet**
Le Cahier d'Alberto

**Mercedes Rosende**
L'Autre Femme

**Vedrana Rudan**
Rage

**Maïca Sanconie**
Amor
De troublants détours
Le Bord du ciel
Zō

**Ersi Sotiropoulos**
Dompter la bête

**Julien Syrac**
Berlin On/Off
Poèmes à Faye
La Halle

**Laurence Teper**
Un cadenas sur le cœur

**Pierre Terzian**
Crevasse
Ça fait longtemps qu'on s'est jamais connu

**Bruno Testa**
Dépression tropicale
L'Adoption

**David M. Thomas**
Un plat de sang andalou
Nos yeux maudits

**Pär Thörn**
Le Chronométreur

**Nils Trede**
La Vie pétrifiée

**Yannis Tsirbas**
Victoria n'existe pas

**Arelis Uribe**
Les Bâtardes

**Stéphane Vanderhaeghe**
Charøgnards
À tous les airs
P.R.O.T.O.C.O.L.

**Romain Verger**
Zones sensibles
Grande Ourse
Forêts noires

**Olivier Vigna**
L'Appendice des jours

**Marc Villemain**
Le Pourceau, le Diable et la Putain

**Michel Vittoz**
Danses du destin

**Gabrielle Wittkop**
Hemlock (à travers les meurtrières)

**Laurence Werner David**
Un autre dieu pour Violette
Quitter Hurlevent

**Catherine Ysmal**
Irène, Nestor et la Vérité
À vous tous, je rends la couronne

**Zyrànna Zatèli**
Le Vent d'Anatolie

*Cette Suisse de l'Afrique :*
*un haut-plateau vert rappelant L'Emmental.*

Achevé d'imprimer dans l'U.E.
en décembre 2023 pour le compte
de Quidam éditeur à Meudon